Henry Hern

Das Baby auf der Haustreppe

Oder Rache eines reichen, eifersüchtigen Weibes

Henry Hern

Das Baby auf der Haustreppe
Oder Rache eines reichen, eifersüchtigen Weibes

ISBN/EAN: 9783743420519

Hergestellt in Europa, USA, Kanada, Australien, Japan

Cover: Foto ©Raphael Reischuk / pixelio.de

Manufactured and distributed by brebook publishing software (www.brebook.com)

Henry Hern

Das Baby auf der Haustreppe

Das

Baby auf der Haustreppe

oder

Rache eines reichen, eifersüchtigen Weibes.

Wie sie das glückliche Heim ihrer Rivalin zerstörte,

und

ihre schreckliche Strafe nach der Entdeckung.

Herausgegeben von

The Old Franklin Publishing House,

Philadelphia, Penna.

Copyrighted, 1886, by The Old Franklin Publishing House.
ALL RIGHTS RESERVED.

Bertha Barton.

———o———

Kein Tag, mit Ausnahme dessen, an dem sie sich verheirathet, ist für eine Schülerin der Normal- oder Hochschule von solch' großer Wichtigkeit, als der, an dem sie graduirt. Auf ihn hat sie sich während der letzten drei Viertel des letzten Termins vorbereitet. Was für ein Kleid sie bei dieser Gelegenheit tragen soll, wie dasselbe besetzt, wie lang Rock und Aermel werden, wie viel Spitzen oder Knöpfe oder auch Beides zum Ausputz verwandt werden soll, wie das Mieder geschnitten werden soll — all diese Fragen, besonders aber die letzte, wegen ihrer mangelhaften physischen Entwickelung im Stadium des Uebergangs vom Mädchen zur Jungfrau, haben ihr unendlich mehr Sorge bereitet als Physik, Philosophie und Algebra zusammen, und doch nicht viel mehr, als ihr die Frisur ihres Haares und die Auswahl der Schuhe und Strümpfe für ihr Erscheinen auf der Platform verursacht.

Normal-Schulmädchen sind viel mehr als andere gewöhnt, zusammen zu halten, und wenn daher das Ende ihrer Schulzeit heran naht, finden sie sich in Gruppen von drei bis acht zusammen, um gegenseitig ihre Ideen auszutauschen und allgemeine und besondere Interessen zu besprechen. Und der Ernst, mit dem diese Gruppen das Geheimniß, wie sich die Einzelnen kleiden werden, bewahren, ist wirklich bewundernswerth.

Und doch, trotz aller Anstrengungen, die verschiedenartigsten Toiletten zu schaffen, welche Einförmigkeit herrscht unter ihnen, wenn man schließlich die ganze Klasse versammelt sieht! An jedem dritten Finger der rechten Hand glänzt der Klassenring und welche Einförmigkeit in Tarletan, weißem Kaschemir und Seide! und doch ist es zugleich die entsprechendste Einförmigkeit von lieblichen, glücklichen und ängstlichen Mienen und Augen; von klopfenden Herzen und gehobenen Erwartungen. Es ist in der That ein blühender Strauß menschlicher Rosen- und

Lilienknospen. Jedes Mädchen ist bereit und begierig von jener Platform in das alltägliche, praktische Leben einzutreten, und sowie das übliche Diplom vom Präsidenten ausgegeben wird und der Reihe nach von einer Schülerin zur andern übergeht, folgt ihm der süße Hoffnungsengel auf den Fersen und entzündet mit seiner unauslöschlichen Fackel die Flammen der Hoffnung in jedem Herzen.

Für uns gibt es kein schöneres Schauspiel als dieses imaginäre Anzünden der Hoffnungsflammen und wenn dann die Mädchen von einander Abschied nehmen, um ihre Klasse für immer zu verlassen und die Wanderschaft auf ihren verschiedenartigen Wegen durch's Leben anzutreten, dann beten unsere Herzen und Lippen:

„Gott segne euch, Mädchen, und beschütze diese Flammen vor dem Erlöschen, bis ihr zu ihm in seiner Glorie einzieht."

Ein noch größeres Vergnügen, als dieser Schlußfeier der Schulzeit beizuwohnen, gewährt es uns jedoch, wenn wir hören, daß diese Mädchen in ihrem ferneren Lebenslaufe und -Kampfe Erfolg gehabt und sich einen Namen gemacht haben.

Ein solches Vergnügen, in ganz ungewöhnlichem Grade, ist es für uns, in diesen Blättern die Geschichte des Frl. Bertha Barton, von der Klasse von 1882, zu verzeichnen, und während ihre Schulkameradinnen persönlich gern in ihre Schuhe treten würden, so gibt es doch nicht eine, welche sie ob ihres guten Glücks im Geringsten beneidet, da sie der allgemeine Liebling Aller war.

Jede derselben erhielt von ihr ein Stück Hochzeitskuchen in einer prächtigen seidenen Schachtel und begleitet von einem eigenhändigen Briefe, der mit den folgenden Worten schloß:

„Bitte bleibe mir nicht fern und besuche mich ja nicht deshalb nicht, weil ich eine reiche Heirath gemacht. Ich bleibe immer noch die alte Bertha."

Frl. Bertha Barton, jetzt Lady Gaunt, Gattin eines schottischen Peer — ist die einzige Tochter des Jakob F. Barton, des bekannten Bootbauers, der vor einigen Jahren starb, seine Frau in sehr bescheidenen, ja beschränkten Verhältnissen zurücklassend. Nachdem sich der herbe Schmerz um den Verlust ihres Gatten gelegt, sah sich Frau Barton darnach um, was sie für ihren und ihrer Tochter Unterhalt thun könne, welche soeben aus der Grammar in die Hochschule versetzt worden war. Bertha war ein frühreifes, für ihr Alter wohlentwickeltes Mädchen, das stets soviel geistige Fähigkeiten gezeigt, so daß die Mutter beschloß, sie die Hochschule besuchen zu lassen und zur Lehrerin auszubilden.

Es ist übrigens sehr leicht für eine Witwe, zu beschließen, was sie thun will, leicht den Plan für die Zukunft zu unterwerfen; aber die Ausführung desselben — ach, wie manche Witwe hat sich abgequält, solch ein heißersehntes Ziel zu erreichen, und dennoch ist sie erfolglos, oder doch nur theilweise erfolgreich gewesen. Und wie viel solche edle Frauen sind ihren Anstrengungen erlegen und frühzeitig in's Grab gesunken!

Die Welt ist voll von solchen Müttern, welche arbeiten, ringen, erfolglos sind und untergehen, unbeachtet von der Menschheit im Allgemeinen, aber geliebt und verehrt in den Herzen Derer, für welche sie sich aufgeopfert. Sie verlangen keine größere Belohnung. Sie wünschen kein besseres Kissen, auf welches sie ihr sterbendes Haupt legen, als die Dankbarkeit ihrer Kinder.

Frau Barton äußerte sich in folgender bescheidener Weise über ihre Witwenschaft:

„Ich sah, daß ich meines verstorbenen Gatten Stelle einnehmen mußte, um aus Bertha eine Frau zu machen, und als ich am Abend nach seinem Begräbnisse an ihrem Bette niederkniete, in dem sie sich in den Schlaf geweint, betete ich zum himmlischen Vater, mir Kraft zu geben, die neuen Pflichten, die er mir auferlegt, erfüllen zu können. Ich erhob mich gestärkt und getröstet von meinen Knieen. Wir hatten etwas Geld gespart und damit eröffnete ich einen kleinen Weißwaarenladen. Die Nachbarschaft war dafür keine gute und ich nahm nicht viel ein weshalb ich nebenbei Näharbeiten besorgte und so ziemlich gut fort kam, bis Bertha das Scharlachfieber bekam, das sie von zwei bis drei Monate an's Zimmer fesselte, ehe sie sich wieder völlig erholt hatte. Dies reduzirte unsere Verhältnisse fast zur Dürftigkeit, da sich keine Kunden im Laden einfanden, noch Jemand aus Furcht vor Ansteckung bei mir nähen ließ.

Die trübe Wolke verzog sich jedoch, das Geschäft blühte wieder auf und Bertha besuchte wieder die Schule, obgleich sie dabei einen Termin verlor, da ich ihr nicht erlaubte, ihre Kräfte zu sehr anzustrengen, um das Versäumte nachzuholen. So verging die Zeit und wir kamen aus, denn Bertha war ein gutes Mädchen, das mir nach besten Kräften half. Sie graduirte letztes Jahr und suchte eine Stelle als Lehrerin, als ein alter Freund von uns aus New York mich besuchte und darauf drang, daß sie auf einen oder zwei Monate mit nach New York kommen und sich dort nach einer Stelle umsehen sollte. Ich wollte sie zuerst nicht von mir lassen, da ich aber wußte, daß sie in guten Händen war, gab ich schließlich meine Zustimmung. Ob ich mit dem Resultate zufrieden bin? Nun, ich glaube, diese Frage bedarf keiner Antwort. Ich werde den Rest meines Lebens bei Bertha und ihrem Manne zubringen und ich bezweifle nicht, daß wir glücklich zusammen leben werden, denn er und ich sind dahin überein gekommen, daß es keinen Schwiegermutter-Skandal im Hause geben soll — seine Mutter ist todt und Bertha's Mutter — nun, Sir George hat seiner Frau sein Wort verpfändet, alle Streitfragen seiner Schwiegermutter als der obersten Instanz vorzulegen. Und meine Entscheidung ist schon im Voraus an Bertha dahin ergangen, daß es keine Streitfragen geben darf.

Es unterliegt keinem Zweifel, daß die Heirath eine glückliche ist und da sie, wie ihre Mutter sagt, eine wirkliche Liebesheirath zwischen einem amerikanischen Mädchen und einem reichen Adeligen ist, so wird sie auch glücklich werden. Es ist sicherlich die romantischste Geschichte, die seit Langem passirt.

Von der Zeit an, daß Bertha ein kleines Ding war, hatte ihr Vater sie angebetet und war stolz auf sie gewesen. Er nahm sie mit sich in sein Boothaus und da sie sehr wißbegierig war, frug sie ihn fortwährend nach jedem Stück Arbeit, das verrichtet wurde. Wenn er selbst zu beschäftigt war, beantworteten seine

Leute ihre Fragen und da sie nichts vergaß, so lernte sie schnell Alles, was zum Bootbau gehörte. Als sie größer wurde hegte sie großes Begehren, auf einem der „weißgeflügelten Vögel," wie sie es nannte, segeln zu können und ihr Vater beschloß, ihr dies gründlich zu lehren.

„Es mag Dir einst im Leben nützlich sein, Bertha," sagte er.

Er wußte nicht, welch' guten Grundstein er dadurch für das Gebäude ihrer Zukunft legte. Er lehrte sie auch schwimmen und sie brachte es darin zu einer solchen Fertigkeit, daß sie einen halben Tag schwimmen kann, ohne auszuruhen. Das Wasser scheint in der That ihr zweites Element zu sein. Diese Leibesübungen hatten ohne Zweifel den günstigsten Einfluß nicht nur auf ihre geistigen Fähigkeiten, sondern sie trugen auch zur herrlichen Entwickelung ihrer Formen und zu ihrer körperlichen Stärke bei.

„Ich studire so gern Papa's Modelle, Zeichnungen und Vermessungen," sagte unsere Heldin, „und wäre ich ein Mann, anstatt ein Mädchen, ich würde sein Geschäft fortgesetzt haben, das an seine Werkführer überging."

Frau Caldwell, welcher Bertha nach New York folgte, war die intimste Jugendfreundin ihrer Mutter und da sie reich war und mit ihren eigenen beiden Töchtern Mary und Edna Gesellschaften besuchte, so konnte sie von großem Nutzen für Bertha sein.

Wie immer, so wurde Bertha auch hier, wo immer sie erschien, sofort der allgemeine Liebling, ohne dabei den Neid und die Mißgunst ihrer neuen Freundinnen zu erregen. Zufällig wurde es während eines Gesprächs bekannt, daß Bertha im Segeln sehr erfahren war, und da dies damals in der New Yorker Gesellschaft ein modischer Sport war, verursacht durch die bevorstehende Wettfahrt des britischen Kutters „Genesta" und der Yachten des New Yorker Clubs um den Besitz des vor vielen Jahren durch die Engländer gewonnenen Preisbechers, so ging es nicht anders, als daß unsere Heldin von ihrem Vetter Ben Caldwell, der Besitzer einer kleinen Yacht war, in Anspruch genommen wurde. Verschiedene Segelfahrten wurden unternommen und nachdem Vetter Ben Bertha die verschiedenen Kurse, die eingeschlagen werden, gezeigt, wurde Bertha mit der Leitung der Yacht betraut. Ohne Zögern nahm sie diese Stellung an und sie setzte Jedermann durch ihre Geschicklichkeit in Erstaunen, indem sie bei fünf Wettfahrten mit andern Yachten aus vier derselben als Siegerin hervorging.

Ferner nahm sie Frau Caldwell mit nach Long Branch und dort besiegte sie im Wettschwimmen alle Herren und Damen in solch' überwältigender Weise, daß sie sich sofort den Beinamen „Die schöne Meermaid" erwarb und die Correspondenten der Zeitungen ihre Kühnheit und ihre Schönheit nicht genug rühmen konnten, was s. 3. gelesen zu haben sich unsere Leser wohl noch entsinnen können. Mehrere Male half sie mit ihren starken Armen und ihrer Gewandtheit Personen, welche sich in Lebensgefahr befanden. Ein Vorfall, der sich dabei ereignete, war recht amüsant. Ben Caldwell, ein Bursche voll Schabernack und Muthwillen, sagte eines Tages:

„Cousinchen Bertha," — er nannte sie stets Cousine — „ein Paar Prahlhänse wollen von Boston hierher schwimmen. Sie wohnen drüben im Elberon Hotel und morgen zur Badezeit solltest Du ihre Prahlerei etwas dämpfen. Sie prahlen über ihre Schwimmfertigkeit, als wenn sie selbst den Captain Webb besiegen könnten."

„Schon gut," war die Antwort, „bringe Sie mir und ich werde versuchen, Deinen Wunsch zu erfüllen, Vetter Ben."

Was hatte nun Vetter Ben zu thun? Er sprengte am Nachmittag und Abend überall aus, daß am nächsten Tage ein großes Schauschwimmen stattfinden werde, und brachte dadurch am nächsten Tage zur Badestunde eine große Menge von Freunden und Zuschauern an den Strand.

Die beiden Prahlhänse waren prompt zur Stelle und kurz darauf kam auch Frl. Bertha, die wie eine reizende Quäkerin in ihrem grauen Bade-Anzug aussah, — der sich durch seine Bescheidenheit auszeichnete, obgleich er nicht verhindern konnte, die Conturen ihrer herrlichen Formen zu zeigen, — aus ihrem Badehause. Beide Herren wurden ihr vorgestellt, sie gab jedem die Hand und man schritt dann dem Wasser zu.

„Strengen Sie sich nicht so sehr an," sagte einer derselben zu ihr, „und wenn Sie erschöpft sind, rufen Sie uns sofort zu, damit wir Ihnen helfen können."

„Ich danke Ihnen und spreche auch meinerseits diesen Wunsch aus. Also zuerst müssen Sie mich einholen und dann werde ich sie zu erreichen suchen."

„Ja, aber schwimmen Sie voraus, damit sie einen guten Vorsprung haben."

„O, ich will keinen Vorsprung haben. So, jetzt gehe ich ab! Ich schwimme!"

„Schnell wie der Blitz tauchte sie unter den Kamm einer hereinstürzenden Welle und war den Blicken entschwunden. Ihr schnelles Verschwinden setzte ihre Begleiter in großes Erstaunen, doch folgten sie ihr einen Augenblick später unerschrocken. In einigen Sekunden erschienen sie jedoch wieder über Wasser, da sie Luft schöpfen mußten, während Bertha erst nach einer Minute mindestens hundert Fuß von ihnen entfernt, wieder sichtbar wurde. Dann schwamm sie graciös auf dieselben zu und lud sie ein, weiter hinauszukommen wo „sie genügend Platz" hätten.

Vetter Ben und einige Freunde folgten den Schwimmern in einem Boote, augenscheinlich „zur Hilfe für Frl. Barton," in der That aber, um in der Nähe und nahe Augenzeugen der Blamage der beiden Prahlhänse zu sein.

Während die Schwimmer weiter in die See gingen, gab Bertha eine wirklich wundervolle Schaustellung. Sie ging um ihre Gefährten herum mit über den Kopf gefalteten Händen und ahmte die Sprünge der Schweinefische so geschickt nach, daß man in einiger Entfernung nicht sehen konnte, ob es Nachahmung oder Wirklichkeit war. Dann ließ sie sich in allen nur denkbaren, unglaublichen Lagen von den Wellen treiben, tauchte unter, sprang, wälzte sich und manöverirte in zahllosen Haltungen und Methoden. Während dieser Zeit schwammen die beiden Herren regelrecht und mit aller Kraft gerade aus nach dem Strandboote zu, welches außerhalb der Brandung liegt, und sie waren nur zu froh, als sie dasselbe erreichten und sich an demselben anhalten konnten, um sich auszuruhen, ehe sie die Rückreise nach dem Strande antraten.

„Kommen Sie — Frl. B—Barton," flöhnten Sie, „ha—alten Sie sie nch, fest und ru—hen Sie aus!"

Aber sie antwortete nur mit einem fröhlichen Lachen und schwamm weiter, bis selbst Vetter Ben sie zurückrief, da er befürchtete, sie möchte von Haifischen attackirt werden. Dann kam die Meermaid zurück und forderte die beiden Schwimmer zu einem Wettschwimmen nach dem Strande heraus, da sie ja genug Zeit zum Ausruhen gehabt. Tapfer begannen sie dem Strande zuzuschwimmen und als sie einen Vorsprung von etwa fünfzig Yards hatten, folgte Bertha ihnen mit aller Energie. Nie kann eine mythologische Wasserfee liebreizender als sie ausgesehen haben, als sie mit einem reizenden Lächeln auf ihrem schönen Gesicht an dem Boote vorbeischoß, in dem Vetter Ben mit seinen Gefährten saß. Sie hatte schnell die beiden Schwimmer eingeholt, die wie vorher all' ihre Kräfte anstrengten, und nachdem sie ihnen hundert Fuß vorausgeschwommen, kehrte sie wieder um und schwamm gemüthlich neben ihnen her, mit ihnen scherzend und schwatzend, als ob sie sich auf der Promenade befänden.

Als sie an's Ufer trat, begrüßte sie ein mächtiger Beifallssturm, während ihre beiden Concurrenten mit furchtbarem Gelächter empfangen wurden, welches sie mit möglichst guter Miene aufnahmen, als auch sie die Siegerin zu ihrem Erfolg beglückwünschten. Sie verschwanden übrigens sobald als möglich und verließen noch an demselben Abend Long Branch.

Vetter Ben und seine Freunde freuten sich ganz ders üver das glänzende Gelingen ihres Planes und ließen es sich daher angelegen sein, überall über die wunderbaren Leistungen des jungen Mädchens zu sprechen, welche nun zahlreiche Einladungen zu Segelfahrten in New Yorker Yachten erhielt. Von diesen nahm sie mit Zustimmung ihrer Beschützerin, der Frau Caldwell, zwei an und bei beiden übertrug man ihr die Leitung des Fahrzeugs, welcher Aufgabe sie sich stets mit ganz vorzüglichem Geschick entledigte.

„Was mich aber am meisten freut," bemerkte Frau Caldwell, als sie einst mit einer Freundin über Bertha's körperliche Gewandtheit und Schönheit sprach, „ist, daß sie dabei so zart in ihrem Wesen, so fein in ihrem Benehmen und dabei so verschämt und märchenhaft und außerdem so vielseitig gebildet ist. Sie malt recht hübsch; sie zeichnet ausgezeichnet; sie singt ganz vorzüglich; spielt fertig Clavier; liest bewundernswerth vor; ist eine geschickte Köchin, die vom einfachsten Beefsteak bis zur feinsten Torte Alles kochen und backen kann und außerdem ist sie im Stande, ihre Kleider selbst zu machen. Ich weiß in der That nichts, was sie nicht thun könnte, und zwar Alles in der anerkennenswertheften Weise. Ich halte sie für das gebildetste junge Mädchen, das ich je in meinem Leben getroffen, und ich bin mehr als stolz auf sie. Dabei hat sie einen der edelsten, hochherzigen Charaktere und ist unabhängig wie eine Königin. Sie sucht eine Stelle als Lehrerin und ich werde mich bemühen, ihr zu einer guten hier in der Stadt zu verhelfen, nur dann kann ihre Mutter hierher kommen, um hier zu leben. Liebe! o, das Mädchen ist keine von jenen weichherzigen Naturen, die mit Liebe spielen. Sie gibt nichts um das, was die Gesellschaft in dieser Hinsicht zu bieten hat. Aber der Mann, dem sie Herz und Hand gibt, wird das größte aller großen Loose gezogen haben; die Versicherung kann ich geben. Und er wird auch ein guter Mann sein, denn sie besitzt die größte Menschenkenntniß, die ich noch bei einer Frau, und sei sie doppelt so alt als sie, gefunden. Leicht, graziös, freundlich gegen jeden ihrer zahlreichen Verehrer, dabei aber doch in einer Weise zurückhaltend, welche Alle in gewissen Schranken hält. Ihre Mutter ist gegenwärtig der einzige Gegenstand ihrer Liebe und Verehrung und sie hat sich vorgenommen, genug für ein angenehmes Leben für sie und für sich zu verdienen. Und sie wird Erfolg haben. Ich bezweifle das nicht und ich bin ihr, wie bereits gesagt, behilflich zur Erlangung einer Stelle in der hiesigen Akademie gewesen. Ben sagte mir von einer Vacanz, die vielleicht im Oktober eintritt, und ich werde daher am nächsten Donnerstag Bertha Herrn Whitney vorstellen und ihn um seinen Einfluß bitten. Und ich bin überzeugt, er wird ihr denselben nicht verweigern." „Auch ich bezweifle es nicht," antwortete Frau Caldwell's Freundin, „und, nebenbei bemerkt, Whitney wird uns am Donnerstag Abend besuchen. Nun will ich Ihnen sagen, was Sie thun sollen. Kommen Sie zum Thee zu uns, bringen Sie das liebe Mädchen mit und stellen Sie dasselbe ihm vor. Es wird dies einen viel besseren Eindruck machen, als wenn sie die Vorstellung in Form eines Gesuchs kleiden. Sie wissen, wie die meisten Männer sind, daß sie dieselben, wenn sie ihnen nicht an ihren gewöhnlichen Geschäftsplätzen und in der Geschäfts-Routine begegnen, schneller und energischer für etwas interessiren und gewinnen können, was anderwärts langer Argumente und großer Ueberredungskunst bedürfen würde.

„Das ist recht und ich danke Ihnen für den vortrefflichen Vorschlag," antwortete Frau Caldwell.

Am nächsten Donnerstag fand sich, wie verabredet, Frau Caldwell mit ihrem Schützling in den späten Nachmittagsstunden im Hause ihrer Freundin ein, von dem man eine prächtige Aussicht auf den Hudson hatte, und fand dort eine große Ueberraschung vor.

Der Gatte der Frau Morris hatte derselben durch einen speziellen Boten sagen lassen, daß sie den Thee eine Stunde später serviren lassen möge, da Herr Whitney ihm mitgetheilt hätte, daß er nicht eher kommen könnte, und daß er dann Sir George Gaunt mit bringen würde, mit dem er noch Verschiedenes zu besprechen hätte.

„Ein wahrhaftiger Lord, so war ich lebe!" rief Frau Morris aus, als sie Frau Caldwell schelmisch anblickte, nachdem diese sie mit Bertha bekannt gemacht hatte, die sie bei diesen Worten ebenfalls bedeutungsvoll ansah. „O, der wird Bertha keine Gefahr bringen," lachte Frau Caldwell, „aber in anderer Hinsicht — nun, er muß viel weniger empfänglich sein als die Herren, welche Bertha bisher zu ihren Gefangenen gemacht."

Bertha ersuchte vergeblich die beiden Damen, nicht mit ihr darob zu scherzen, und als die Zeit herangekommen war, sich zum Theetisch zu setzen, schlug Bertha's Herz heftig, nicht etwa vor Angst oder Nervösität, sondern von einem neuen unaussprechlichen Gefühl erfüllt. Sie erklärte es sich dadurch, daß der englische

Edelmann — von dem sie sich a la John Bull im „Puck" ein Bild gemacht — statt dessen ein auffallend hübscher und stattlicher junger Mann war.

Sie hatte in der That vorher nie einen Herrn gesehen, durch dessen Erscheinen sie so enttäuscht — so angenehm enttäuscht war.

Zufällig saß sie bei Tisch Sir George gerade gegenüber und zufällig warf er während der Unterhaltung mehrfach anscheinend zufällige, aber forschende Blicke auf sie, von denen sie jeden entdeckte, da auch ihre Augen stets in der seinen Blicken entgegengesetzten Weise blickten. Herr Morris, ein leidenschaftlicher Segelfahrer, lenkte dann das Gespräch auf seine Passion, und dabei kam man auf die bevorstehende Wettfahrt von „Genesta" und „Puritan" zu sprechen. Auch Sir George huldigte dem Yacht-Sport mit Enthusiasmus und die bevorstehende Wettfahrt war einer der Hauptbeweggründe seiner Amerika-Reise.

Frau Caldwell konnte — obgleich sie zwei heirathsfähige Töchter hatte — nicht der Versuchung widerstehen, zu erwähnen, welch' kühner Schiffer Bertha war, und dies schien ein von freundlicher Hand gegebener Wink zu sein, dem Sir George prompt folgte. Das Resultat war, daß die Unterhaltung fast ausschließlich von Bertha und dem Lord geführt wurde und schließlich auf einem Punkte ankam, an dem zwischen den drei anwesenden Herren eine große Meinungsverschiedenheit über Calculation des Schiffsraums entstand, welche Bertha schließlich in einer von ihrem Vater stets angewandten Methode zu schlichten sich erbot.

Da der Thee vorüber war, begab man sich nach der Bibliothek, dem angenehmsten Zimmer im ganzen Hause, und dort schickte sich Bertha an, die versprochene Calculation vorzunehmen. Unglücklicherweise oder vielleicht auch glücklicherweise hatte sie keinen Bleistift bei sich. Sofort nahm Sir George, der dies bemerkte, einen elegant gravirten goldenen Stift, der auf dem Kopfe einen kleinen aber werthvollen Emerald trug, und präsentirte ihr denselben mit den Worten:

„Frl. Barton, wenn Sie meine Calculation für die richtige erklären, dann bitte ich Sie, diesen Stift als ein Andenken an Ihren Sieg für mich zu behalten."

„O, dann werde ich gewinnen, Sir George!" rief Bertha freudig aus, aber schon im nächsten Augenblicke würde sie die Welt darum gegeben haben, dieses Wort nicht ausgesprochen zu haben, das sie für entsetzlich roh hielt, gerade wie es von „jenen amerikanischen Mädchen" kommt.

„Hier ist das Resultat, Sir George," sagte Bertha nach einigen Minuten eifrigen Rechnens lächelnd, „Sie haben Recht."

Um ihren vorherigen übereilten Ausruf wieder gutzumachen, legte sie das Papier, das die Rechnung enthielt, und den Goldstift in seine bereit gehaltene Hand. Jeder Herr prüfte die Calculation und obgleich sie ziemlich complicirt war, so wurde sie doch für correct und Gaunt's Berechnung für richtig erklärend befunden. Letzterer hatte mit dem Stift nachgerechnet und nachdem er die Rechnung für richtig befunden, wandte er sich zu unserer Heldin und sagte:

„Nun, Frl. Barton, darf ich, indem ich Ihnen dieses Andenken an, wenn ich sagen darf, unseren Sieg präsentirend, Ihnen meine tiefste Bewunderung für Ihre Gewandtheit in Navigationskunde ausdrücken? Ich bin fest überzeugt, daß ich nach meiner alten Methode, nicht vor einer Woche zu einem correkten Resultat gekommen sein würde, und selbst dann würde dasselbe nicht so bestimmt gewesen sein, als das Ihrige. Dasselbe wird von großem Werth und Wichtigkeit für Yachtschiffer überhaupt sein, welche Ihnen dafür, wie ich überzeugt bin, zu großem Danke verpflichtet sein werden."

Bertha streckte unwillkürlich ihre Hand aus, um den Stift wieder in Empfang zu nehmen, und sie erröthete tief, als sie sich für denselben bedankte.

Dann fuhr der Wagen für Frau Caldwell und ihre junge Freundin vor und Morris und Frau und Sir George begleiteten sie bis an denselben. Als Letzterer sich von den Damen verabschiedete, sagte er, zu Frau Caldwell gewandt, ebenso gefühlvoll wie verbindlich, dabei Bertha fest anblickend:

„Madame, ich hoffe, daß Sie, als Frl. Barton's Beschützerin, mir in Zukunft recht bald Gelegenheit geben, sie wieder zu sehen."

Sie versicherte ihn, daß sie das thun werde, worauf sie mit ihrem Schützling, den Sir George unter dem verbindlichsten Lächeln grüßte, davon fuhr.

„Aber Frau Caldwell," sagte Bertha, als ob sie das unangenehme Schweigen brechen wollte, welches Gaunt's eigenthümlicher Abschied hervorgerufen, „wir haben mit Herrn Whitney auch nicht ein Wort über die Lehrerstelle gesprochen."

„Das wird wohl nicht nöthig sein, mein Kind!" rief Frau Caldwell aus, „das wird durchaus nicht nöthig sein, wenn mich nicht der Schein trügt!"

„Warum? was meinen Sie damit?" sagte Bertha.

„Genau das: Sir George hat sich beim ersten Anblicke in Dich verliebt. Ich brauche Dir nun nicht mehr zu sagen, als daß er ein guter Mann und zwar solch einer zu sein scheint, den zu acceptiren eine jede junge Dame nicht nur völlig sicher, sondern den zu besitzen sie auch sehr glücklich sein würde."

„Beste Frau Caldwell, Sie setzen mich in der That durch solch' eine Bemerkung in das größte Erstaunen!"

„In Erstaunen! Wirklich? Nun theuerste Bertha, dann erhole Dich von demselben so schnell als möglich, denn es ist wahr, und ich hoffe Du wirst es nicht bedauern."

Dann folgte ein längeres Stillschweigen, welches zuletzt Bertha mit den Worten unterbrach: „Bitte, sprechen Sie gegen Niemand über dieses Thema!"

„Was! nicht einmal zu Hause? O, liebe Bertha, Du brauchst für Dein gutes Glück nicht Edna's oder Mary's Eifersucht zu befürchten; sie werden Beide darüber ebenso erfreut sein, wie ich es bin, denn Beide sind schon versprochen."

„O, das habe ich nicht gemeint. Ich meinte nur, erwähnen Sie es nicht gegen auswärtige Bekannte."

„Selbstverständlich werde ich das nicht thun, denn man weiß nicht, welche Schlingen die Mädchen aus der Gesellschaft legen würden, um Dich zu verhindern, ihn zu gewinnen. Sicherlich werde ich das nicht thun und ich werde es auch Edna und Mary zur Pflicht machen, Stillschweigen zu beobachten."

In jener Nacht schlief Bertha nicht viel, sondern sie lag, trotz aller Anstrengungen, in Schlaf zu fallen, bis zum frühen Morgen wach im Bett. Ueber diese unfreiwillige Schlaflosigkeit sagte sie später: „Ich kann nicht genau sagen, wie zu packen. Es war unmöglich für mich, Sir George's Bild aus meinem Gedächtniß zu verdrängen. Ich versuchte dies zu thun, ich redete mir vor, daß dies nöthig sei, daß ich zu frei gegen ihn gewesen und daß die Affaire nie weiter gedeihen würde, da er bald ermüden würde. Ohne Zweifel war der Grund dieser Bemühungen und erkünstelten Abneigung mein Vorurtheil gegen den Charakter des ausländischen Adels. Ich hatte soviel über deren schlechte Moralität gelesen, daß ich sie selbstverständlich als eine zu meidende Klasse betrachtete und nichts mit ihnen zu thun haben wollte. Doch hier traf ich einen Mann, der von meinem fingirten Bilde völlig abstach. Und das, was ich von ihm sah, war nicht Maske, noch Deckmantel, sondern sein eigenes Naturell, wie ich fest überzeugt war. Endlich gegen Morgen verfiel ich in Schlaf und träumte mehrere schöne Träume über ihn, deren letzter durch die Frühstücksglocke in rauhester Weise gestört wurde.

In aller Eile erhob ich mich, kleidete mich an und eilte nach dem Speisezimmer, wo ich sofort von Frau Caldwell aufgefordert wurde, den goldenen Bleistift zu zeigen, den Sir George mir gegeben. Die Mädchen waren in der Stadt und nur Herr und Frau Caldwell waren zugegen. Er betrachtete den Stift und neckte mich gehörig, versprach aber, nichts über meinen großen „doppelten Steg," um seinen Ausdruck zu gebrauchen, zu sagen.

„Ich bin stolz auf Dich, Bertha, daß Du den Engländer gefangen hast," sagte er, „und besonders daß Du es durch Deine nautische Berechnung gethan. Uebrigens mußt Du mir nach dem Frühstück diese Methode zeigen. War es nicht gut, daß Dein Vater Dich darin unterrichtete? Sicherlich war es ebenso vortrefflich, daß er Dich lehrte wie eine Yacht zu lenken ist und wie man schwimmt. Du bist ohne Zweifel die glücklichste Normalschülerin in der Stadt. Doch vergiß nicht, ich beanspruche das erste Stück vom Hochzeitskuchen. Nun komm und zeige mir die Berechnung! Apropos Mutter! sagte er dann zu Frau Caldwell, „Du hast deine freie Verfügung über den Empfang Gaunt's, mach' denselben so angenehm, wie Du Lust hast."

Nachdem Bertha auf der Veranda Herrn Caldwell in einer halben Stunde die Calculation erklärt, rief er aus:

„Bertha, das ist das lehrreichste Stück Wissenschaft in Zahlen, das ich gesehen, seit ich Yale verlassen. Es sollte Dich berühmt machen."

„Wenn es Ruhm verdient, dann gehört er meinem Vater, nicht mir," antwortete sie.

„Gut, so gehört er deinem Vater und ist von Dir nicht nur ererbt, sondern auch verdient. Aber hier ist William mit dem Wagen und ich muß fort. Lebt wohl! Adieu Mutter!"

„Adieu Vater, die Mädchen und ich werden Dich vielleicht in Deiner Office besuchen," antwortete Frau Caldwell.

Nach der Abfahrt ihres Gatten setzte sie sich zu Bertha und sagte: „Nun, meine Liebe, möchte ich Dir einige Rathschläge geben — möchte vom Geschäft mit Dir reden wie man zu sagen pflegt. Zuerst weißt Du, daß Deine Mutter und ich als Schulmädchen unzertrennliche Freundinnen waren, und ich sage Dir jetzt, daß sie mir noch viel mehr war. Ich bin in ihrer Schuld in solch' tiefer Weise, daß alles Geld, das ich zu ihrer und Deiner Verfügung stellen könnte, dieselbe nicht tilgen würde. Das Glück ist mir mehr als ihr günstig gewesen und ich leihe Dir daher für deinen eigenen Gebrauch tausend Dollars. Wenn Du eine Stelle bekommst, kannst Du sie mir zurückzahlen, wie es Dir paßt. Du besuchst jetzt die Gesellschaft und mußt Dich dafür kleiden."

„Frau Caldwell!" unterbrach sie Bertha, „oder besser mein und meiner Mutter theuerste Freundin, ich schätze hoch, was Sie zu thun beabsichtigen, und wenn Sie glauben, daß irgend eine Gewißheit besteht, daß ich die Stelle an der Akademie erhalte, dann will ich Ihr gütiges Anerbieten annehmen, aber unter keiner andern Bedingung."

Du bist ein liebes, vernünftiges und praktisches Mädchen! antwortete ihre mütterliche Freundin, „und ich fühle so gewiß, als ich lebe, daß es keine Schwierigkeiten machen wird, Dir diese Stelle zu verschaffen."

Wohl eine Stunde lang unterhielten sich Beide in dieser Weise und kamen dabei zu einem allseitig befriedigendem Einvernehmen. Dann fuhren sie nach der Stadt, wo sie Edna und Mary trafen und mit diesen nach der Office des Herrn Caldwell gingen, den sie abholten und mit dem sie dann ua rer Villa am Hudson zurückkehrten.

Die Mädchen wurden sofort in den Plan, Sir George einen Empfang zu geben, eingeweiht, und sie gingen mit mehr als gewöhnlichem Eifer an die Ausarbeitung desselben. Die Folge davon war, daß es in jeder Hinsicht ein glänzender Erfolg war. Sir George war selbstverständlich der Löwe des Tages. Als man schließlich anfing zu musiciren, wurde er aufgefordert ein schottisches Lied zu singen. Mit Vergnügen that er dies. Er hatte einen sehr umfangreichen Tenor und sang „Bannockburn" mit Bravour. Bertha begleitete ihn auf dem Piano. Als seine schöne Begleiterin ihn ob seines Gesanges belobte, bediente sie sich eines schottischen Ausdrucks, der ihn in solch freudiges Erstaunen setzte, daß er ausrief:

„Wie, Frl. Barton, Sie verstehen schottisch!"

„Ja wohl, Sir George, meine Großmutter stammt aus Ayrshire, und sie lehrte es mich."

„O, dann kennen Sie gewiß zahlreiche schottische Lieder, davon bin ich überzeugt!"

„O ja, eine ziemliche Anzahl."

„Dann bitte singen Sie uns eines derselben nach Ihrer eigenen Auswahl!"

Bertha konnte ihren Gesang glücklicherweise ohne Noten begleiten, und als sie geendet, war nicht nur Sir George, sondern die ganze Gesellschaft in solch' hohem Grade entzückt von demselben, so daß Bertha immer und immer wieder singen mußte so daß es schließlich schien, als ob sie gar nicht aufhören dürfe. Durch „Hochland Maria" brachte die Sängerin Thränen in jedes Auge, so gefühlvoll und schön sang sie dieses herrliche Lied. Nach einer stillen Pause bat Sir George Frl. Barton, zum Schluß noch „Willst Du meine Liebste sein?" eines von Burns' schönsten und charakteristischen Liedern, zu singen.

Es würde nicht genügen, zu sagen, daß bei dieser Aufforderung Bertha's Herz ganz außerordentlich zu schlagen begann, als sie an die verfänglichen Worte dieses Liedes dachte; sie war einige Augenblicke ganz verwirrt, aber wie Vetter Ben später charakteristisch bemerkte:

„Cousinchen Bertha nahm Sir George's Herausforderung kühn an, besiegte ihn völlig und ging als Siegerin aus dem Kampfe hervor."

Sie faßte sich schnell wieder und mit ihrer prächtigen, wunderbar modulationsfähigen Sopran-Stimme sang sie das Lied mit vollendet schönem Ausdruck unter dem enthusiastischen Applaus der Gesellschaft.

Sir George hatte das ganz besondere **Verlangen** gestellt, daß dies ihr letztes Lied sein möchte, da man Frl. Barton's Güte schon so lange in Anspruch genommen und sie ermüdet habe. Aber Bertha war nicht die einzige Person, welche diese Begründung für eine Ausflucht hielt und sah, daß der wahre Beweggrund viel tiefer lag und daß das Verlangen in der That berechnet war, ihr ein Gefühl zu gestehen, dem er wegen der Kürze ihrer Bekanntschaft noch keinen anderen Ausdruck geben konnte. Der Rest des Abends verlief sehr angenehm und während Gaunt voller Aufmerksamkeit für Frl. Barton war, so war doch auch sein Benehmen gegen die Andern und seine Unterhaltungsgabe derart, daß man in ihm einen ganz vorzüglichen Gesellschafter fand.

Am nächsten Morgen besuchte Sir George Herrn Caldwell in seiner Office in der Stadt und nachdem er einige wichtige Finanzgeschäfte erledigt, sagte er:

„Werther Herr Caldwell, ich interessire mich im höchsten Grade für die in Ihrem Hause sich aufhaltende junge Dame und ich bitte um Ihre und Ihrer Gattin, sowie der Mutter des Frl. Barton Zustimmung zu meinem Entschluß derselben ferner Aufmerksamkeit widmen zu dürfen."

„Diese erhalten Sie mit Vergnügen, Sir George, und ich bin der Ueberzeugung, daß Das, was wir billigen, auch die Zustimmung ihrer Mutter finden wird," war die Antwort. „Aber ich muß offen gegen Sie sein und Ihnen erklären, daß Frl. Barton, während sie aus höchst respektabler Familie kommt, kein Geld hat; in der That ihrer Anwesenheit in New York liegt die Absicht zu Grunde, eine Stelle als Lehrerin an der Akademie zu erlangen. Wenn Sie ihr also den Hof machen wollen, dann kann es nur um ihrer selbst willen sein. Und, soweit ich das Mädchen kenne, habe ich Grund, Ihnen zu bemerken, daß Ihr Reichthum und Titel nicht den geringsten Einfluß auf dasselbe ausüben werden. Sie ist so stolz und unabhängig wie eine Kaiserin. Wenn Sie sie gewinnen wollen, so können Sie das nur durch Ihre Verdienste als Mann und Ehrenmann thun. Doch lassen Sie mich ferner hinzufügen, wenn Sie in Ihrem Streben erfolgreich sind, dann werden Sie einen großen Preis gewonnen haben, eine Frau, treu wie Stahl, rein wie das Sonnenlicht, mit einem Worte eine unvergleichliche Frau."

„Ich weiß das, Herr Caldwell," antwortete Gaunt, „und um Ihnen die Wahrheit zu gestehen, es ist mir lieb, daß sie arm ist. Es ist mir das sogar sehr lieb. Ich liebte sie von dem Augenblicke an, als sich unsere Augen zum ersten Male begegneten, und ich glaube——"

„Sie glauben, sie liebt Sie! O, Sir George, wir Männer können uns in

"Ah, Bertha! making bread!" laughed he, "I thought I'd catch you!"
„Oho, Bertha! Du bäckst Brod!" sagte er lachend, „Ich dachte, daß ich Dich fangen würde.

unserem Egoismus in tiefer Einsamkeit begraben und leicht verrosten. Seid Sie nicht zu fixer; vergessen Sie nie das alte Recept der wälschen Köchin: „Sei sicher, daß Niemand vor Dir den Käse aus der Pfanne nimmt." Unter uns gesagt, hat übrigens Bertha Sie recht gern. Sie bewundert Sie, das weiß ich. Und wenn ein Weib einen Mann bewundert — nun wenn er dann die Affaire nicht zu beiderseitiger Zufriedenheit beendigen kann, so sind die Schuld und der Verlust auf seiner Seite. Meine Frau und ich, Sir George, werden es gern sehen, wenn Sie Frl. Barton besuchen, und ich spreche die Ueberzeugung und die Hoffnung aus, daß es für Euer beiderseitiges Lebensglück den besten Erfolg haben möge."

„Tausend Dank, mein liebster Herr Caldwell, und hier ist meine Hand darauf, daß es meine Schuld nicht sein soll, wenn ich den Preis nicht gewinne."

Derselbe Abend fand Frl. Barton in Gesellschaft des Sir George, mit dem sie denselben in genußreicher Weise verbrachte, und nicht minder war derselbe selbstverständlich für ihn genußreich. Zehn Tage vergingen und dann reiste Bertha nach Hause, um einige Tage bei ihrer Mutter zu verleben und derselben ihre Verlobung mit Sir George zu verkünden.

„Liebste Bertha," rief Frau Barton aus, als sie die rothen Wangen ihrer Tochter küßte und dann den prächtigen Verlobungsring betrachtete, der an ihrem Finger glitzerte, „das klingt ja wie eine Feengeschichte in einem Märchenbuche. Ich kann es gar nicht glauben. Zu denken, daß Du vor einem Monat von mir weggingst, um Arbeit für den Erwerb Deines täglichen Brodes zu suchen, und daß Du heute als die Verlobte eines schottischen Lords zurückkehrst! Wie wundervoll das ist! Aber denn wird er Dich mir nach Schottland entführen und das, mein Liebling, wird mein Herz brechen!"

„O nein, theuerste Mutter!" unterbrach sie Bertha schnell, sie umarmend und die Thränen von ihren Wangen küssend„ „Dein Herz soll auch nicht den kleinsten Riß bekommen, noch viel weniger aber brechen. Denkst Du, daß ich Dich in meinem Glück vergessen würde? Daß ich Dich verlassen würde? O nein, die erste Bedingung, die ich Sir George stellte, war für Dich. Ich war deine Ruth, Du warst meine Naomi. „Und ich will Boas sein," versprach er. Und Du Theuerste kommst mit uns und wohnst bei uns in Schottland. Denke nur, Du gehst nach dem Lande, aus dem deine Mutter kam! Sir George wird übermorgen kommen und ich werde ihn Dir vorstellen." Frau Barton konnte keine Worte finden, um auf die Liebesworte ihrer Tochter zu antworten; sie ruhte an deren Busen und weinte Thränen der Freude und Glückseligkeit.

Schließlich beruhigte sie sich und dann besprach sie mit Bertha stundenlang über verschiedene Angelegenheiten, über welche sie während deren Aufenthalt in New York Briefe gewechselt hatten.

Frau Barton hatte eine Nachbarin, Namens Frau Goschen, eine hier geborene Tochter deutscher Eltern, mit der sie sehr befreundet war, in gewissem Maße sogar intim geworden war. Diese Dame hatte schon lange den Wunsch gehegt, das Geschäft der Frau Barton zu kaufen und das Haus zu beziehen, wenn Bertha's Mutter ausverkaufen wollte. Letztere ließ sie nun holen und nach kurzen

Verhandlungen wurden sie einig, daß Frau Goschen für eine bestimmte Summe den Laden und die Hauseinrichtung der Frau Barton übernehmen sollte. Der Mann der Frau Goschen war ein Tischler, der stets guten Verdienst und daher eine nicht unbeträchtliche Summe bei Seite gelegt hatte, so daß das Kaufgeld prompt zur Hand war.

Frau Barton that jedoch diesen Schritt nicht eher, bis sie denselben gründlich überlegt und erwogen hatte. Ihr erfahrungsweises Leben lehrte sie, daß „zwischen Lipp und Kelches Rand schwebt der dunkeln Mächte-Hand!" und obgleich die Hochzeit bereits auf einen nicht allzu fernen Tag festgesetzt war, so konnte doch ein Zufall oder ein Todesfall dieselbe hinausschieben oder gänzlich unmöglich machen.

Wie leicht dies der Fall gewesen wäre, wird man im weitern Verlauf dieser Erzählung sehen.

Aber Frau Barton hatte die Ueberzeugung, daß sie mit ihrem kleinen Kapital in New York besser thun könne, als irgendwo anders, und daß ohne Zweifel auch Bertha, wenn irgend etwas die beabsichtigte Verbindung abbrechen sollte, in jener Stadt eher eine gute Stelle finden würde. Es brauchten dann Mutter und Tochter nicht getrennt zu leben, was so wie so eine schwere Aufgabe für Beide war. In Bezug hierauf sagte Bertha:

„Beste Mutter, trotz aller glänzendsten Aussichten würde ich, wenn ich gezwungen wäre, eines von beiden zu wählen, ohne Bedenken bei Dir bleiben, und dabei durchaus nicht zögern. Aber weshalb sich über Dinge Kopfschmerzen machen, die voraussichtlich nicht passiren? Laß uns den schönen blauen Himmel nicht nach trüben Wolken durchstören, sondern laß uns den Sonnenschein genießen, den uns Gott gesandt, und uns dessen freuen, wie wir uns den Heimsuchungen gefügt, die er früher über uns verhängt!"

Herr Goschen war der Dirigent eines deutschen Gesangvereins und er hatte während Bertha's Schulzeit großes Vergnügen darin gefunden, ihre Stimme auszubilden, und seinen Bemühungen verdankte sie nicht nur viel von ihrem Erfolge in dieser Richtung, sondern auch die Fähigkeit, ziemlich fließend deutsch zu sprechen.

Als er daher zu ihr kam und sie bat, bei einem Feste zu singen, welches sein Verein am nächsten Mittwoch Abend geben wollte, so mochte sie nicht gern ihn abschläglich bescheiden, obgleich dann Sir George schon in der Stadt sein würde. Sie schlug daher die Bitte nicht ab, sondern sagte unter der Voraussetzung zu, daß ihre Erklärung ihrem Zukünftigen genügen würde. Sie sollte bei dem Fest in einem Tableau in Kostüm als Germania auftreten und „die Wacht am Rhein" singen.

Zwei Ueberraschungen waren für Bertha in Aussicht. Erstens, daß Sir George's Agent ein Deutscher war, der seinem Auftraggeber vorausgeeilt war, um Bankgeschäfte zu besorgen, und daß er zufällig dem Kassirer des Bankhauses, in dem er Geschäfte hatte, im Vertrauen mittheilte, daß Sir George ein Frl. Barton aus dieser Stadt heirathen werde. Herr Goschen, der sich zufällig auch in Geschäften in jenem Bankhause befand und dem Agenten des Sir George vorgestellt worden war, hörte diese Bemerkung und, da er von seiner Frau über Bertha's bevorstehende Heirath gehört, — obgleich die Barton's den Namen des Bräutigams wohlweißlich verschwiegen hatten, um nicht prahlerisch zu erscheinen — reimte er sich beide Sachen zusammen und wurde dadurch zum Mitwisser des Geheimnisses. Er eilte daher nach Hause und theilte seiner Frau das Gehörte mit, worauf diese ebenso prompt in üblicher Weise unter dem Siegel der tiefsten Verschwiegenheit allen Nachbarn das Geheimniß mittheilte, in Folge dessen dasselbe mit Windeseile von Haus zu Haus flog.

Herr und Frau Goschen konnten auch nicht die Versuchung widerstehen, Frau Barton zu besuchen und ihr zum Glück der bevorstehenden Heirath Bertha's mit „Sir George Gaunt" zu gratuliren.

„Herr Goschen," rief Bertha aufgeregt aus, ich werde bei Ihrem Feste nicht eine Note für Sie singen, wenn Sie mir nicht sagen, wie Sie dieses Geheimniß erfahren, und wenn Sie Beide mir nicht versprechen, dasselbe zu bewahren, so lange ich es von Ihnen verlange.

Goschen erzählte dann Bertha, wie und wo er dasselbe gehört, und seine Frau gestand nach vielen Ausflüchten, daß sie Diesem und Jenem Mittheilung über die Affaire gemacht, versprach aber, nichts mehr zu sagen und erbot sich, sofort Allen, welchen Sie das Geheimniß mitgetheilt, Stillschweigen aufzuerlegen.

Goschen war, um sich selbst zu rechtfertigen, sehr streng gegen seine Frau.

„Lena! Deine Zunge ist geschäftig, wie die Pumpe eines Stadtbrunnens, die Jedem Wasser gibt. Habe ich Dir nicht, als ich Dir das Geheimniß mittheilte gesagt, Du solltest dasselbe für Dich behalten?"

Ihr Bedauern über den Vorfall war so ernstlich und dabei so amüsant, so daß Bertha, nachdem sie gelacht, bis ihr die Thränen über die Wangen liefen, ihnen vergab und versprach, beim Feste zu singen.

Die Ueberraschung No. 2 war, daß am Mittwoch Morgen eine Depesche von Sir George kam, welche lautete:

„Ich werde morgen früh kommen."

„Ohne Zweifel hat er Abhaltung bekommen," sagte Bertha zu ihrer Mutter. „Ich hätte gern gesehen, wenn er heute Abend hier gewesen wäre; aber es soll nicht sein. Nun das Brod ist noch nicht genug gegangen, so daß ich noch nach dem Buchbinderladen an der Ecke laufen kann; wenn ich zurück komme wird es dann zum Ausbacken recht sein."

Sie setzte ihren Hut auf, warf einen leichten Shawl um und eilte nach dem Laden, wo man ihr Geheimniß bereits kannte, wie man aus der ausgezeichneten Höflichkeit des Ladenbesitzers gegen sie schließen konnte.

„Welch' erbärmliche Kriecherei das ist," dachte sie bei sich selbst, als er hinter dem Ladentische hervorkam und sie unter zahllosen Verbeugungen bis zur Thür geleitete.

Als sie nach Hause kam, fand sie, daß der Teig genügend gegangen war, worauf sie eine weiße Schürze vorband, ihre Aermel aufstreifte und sofort tapfer zu kneten begann.

„Mutter, das ist wie früher. Ich glaube allerdings nicht, daß ich noch viel

Brod für Dich backen werde. Doch wird das mir als eine der angenehmsten häuslichen Arbeiten aus meiner Mädchenzeit stets in Erinnerung bleiben. Du weißt, ich habe immer so gern Brod gebacken."

„Ja, beste Bertha, und stets so ganz vorzüglich. Ich habe nie wirklich gutes Brod gehabt, seitdem Du weg warst."

„Doch Mutter, geht nicht die Hausklingel?" frug sie einhaltend und horchend. „Ich hörte den Klingelzug, obgleich die Glocke nicht läutete."

„Leicht möglich," antwortete die Mutter, „da sie nicht läutet, wenn man nicht stark zieht. Doch ich werde nachsehen."

Frau Barton ging nach der Hausthür, öffnete sie und fand einen hübschen schlanken jungen Mann an derselben.

„Frau Barton, wie ich sehe," fragte er sofort in frischem, angenehmem Tone, „Sie sind Frl. Barton's Mutter. Ist sie zu Hause?"

Er lächelte über Frau Barton's Verlegenheit, denn Bertha's Mutter hatte ihn nach ihrer Beschreibung sofort erkannt und sie überlegte nun schnell, wie sie ihn an der Thür festhalten könnte, bis Bertha die Treppe hinauf geeilt war, um sich anzukleiden. Aber es gab keine Möglichkeit zu entkommen, denn die Treppe mündete in die Hausflur und wer dieselbe betreten wollte, mußte an der Thür vorbei. In einigen Augenblicken erwachte jedoch ihr amerikanischer Stolz und sie sagte:

„Ja, mein Herr. Bertha ist zu Haus. Ich weiß, daß Sie Sir George Gaunt sind und ich erlaube mir, Ihnen mitzutheilen, daß sie soeben beim Brodbacken beschäftigt ist. Entschuldigen Sie einen Augenblick, damit sie sich umkleiden kann!"

„Und erlauben Sie mir, beste Frau Barton, Ihnen zu erklären, daß ich unverschämt genug bin, sie nicht zu entschuldigen. Bitte führen Sie mich sofort zu ihr!"

„Dann bitte, treten Sie ein!" erfolgte prompt die unter Lächeln ausgesprochene Antwort.

Da Bertha kein Interesse daran hatte, wer die Hausglocke gezogen, so setete sie ihr Brod ruhig weiter und sie wußte nicht eher, was passirte, als bis Sir George vor ihr stand, sie mit schalkhaftem Lächeln ansehend.

„Gefangen!" rief er aus.

„Aber George, das ist bös!" rief sie überrascht, aber doch erfreut aus.

„Sie bäckt Brod," sagte deine Mutter und ich beeilte mich, Dich bei der That zu überraschen. Ich würde eine zehn Pfund Note geben, wenn ich die Photographie Deiner gegenwärtigen Stellung haben könnte. Doch mach Du Dir nur selbst die Vorwürfe. Ich sandte Dir gestern Abend eine Depesche und meldete Dir, daß ich heute Morgen früh hier sein werde und hier bin ich und da bist Du."

„Und ich erhielt die Depesche erst heute Morgen und erwarte.e Dich morgen früh."

„Hast Du nach dem Datum gesehen?"

„Nein, aber da ich dieselbe heute Morgen erhielt, glaubte ich, daß Du sie erst heute Morgen abgesandt?"

Sie nahm die Depesche vom Tische auf und überzeugte sich, daß dieselbe vom Abend vorher datirt war.

„Wie thöricht ich war!" rief sie aus.

„Und ich bin sehr froh, daß Du thöricht warst, „denn ich glaube, daß Du in einem Empfangskleide nicht halb so schön ausgesehen haben würdest, wie gerade jetzt. Drum bitte fahre in Deiner Arbeit nur fort und ich werde mich während dieser Zeit mit Dir unterhalten."

Sir George offerirte dann seiner zukünftigen Schwiegermutter einen Stuhl und setzte sich zu ihr, sofort mit ihr in der einnehmendsten Weise ein Gespräch beginnend.

Frau Barton, ich weiß Bertha hat Ihnen Alles gesagt, wie sie mich zufällig traf, sich über die Ohren in mich verliebte, mich unaufhörlich verfolgte und schließlich mich bat, ihr zu gehören und mich dann zwang, ihr zu versprechen, Sie in der möglichst kürzesten Zeit Mutter zu nennen."

„George! hüte Dich——"

„Stille! Bertha! Ich habe jetzt das Wort! Hast Du auch Deiner Mutter gesagt, was Du mir gesagt, nachdem Du mich überredet zu thun, was ich gesagt? Wie Du nie leiden würdest, daß ein fremder Adliger, selbst wenn er Dein Liebstes auf Erden sei, sich seines Titels rühmen und stolz auf Dich stolze und glorreiche unabhängige Tochter des Sternenbanners herablicken dürfe?"

„Hörst Du das, Mutter!" rief Bertha protestirend aus.

„Allem Anscheine nach waren Sie und sind Sie noch immer ein auffallend williges Opfer, Sir George," warf Frau Barton lachend ein.

„Nun! Nun!" antwortete er, „Ich glaubte, in Amerika nähme die Schwiegermutter stets die Partei des Schwiegersohnes, gleichviel ob Recht oder Unrecht?"

„Gut, dann werde ich Ihre Partei ergreifen und darauf sehen, daß sie nicht tyrannisirt oder übervortheilt werden", antwortete Frau Barton.

„Gut, das gilt!" erwiderte er lachend, und dafür nehme ich Ihre Partei. Und im Falle Streitfragen entstehen sollten, sollen sie meiner Schwiegermutter als der höchsten Instanz unterbreitet werden, gegen die keine Appellation zulässig ist.

Und bemerkte Bertha, als sie den letzten Laib behutsam in die Pfanne legte und dann sämmtliche Pfannen zum Aufgehen der Reihe nach auf den Ofen setzte, „ich werde keinen Grund für Streitfragen geben, so daß wir uns nicht an das Obergericht zu wenden brauchen."

„Nein, ich bin überzeugt, das wirst Du nicht, Liebste," fügte Sir George zärtlich hinzu, „Ich bin gewiß, das wirst Du nicht, und wir werden in Harmonie und Frieden mit einander leben. Denn Frau Barton, ich liebe Ihre Bertha, oder besser gesagt unsere Bertha von ganzem Herzen, und mit Ungeduld erwarte ich den nahen Tag, der uns als Mann und Weib vereinigen soll."

„Und ich kann voll Ueberzeugung sagen, Sir George," antwortete die Mutter, „daß ich stolz darauf bin, daß ein Mann Ihres Standes Bertha ehrt. Lassen

Sie mich, wenngleich ich aber Meister bin, hinzuzufügen, daß sie in jeder Hinsicht ihrer vollen Liebe würdig ist. Das angesehenste und älteste Blut Schottland's fließt in ihren Adern und ihr Vater und ich haben sie in solchen Kenntnissen und Prinzipien erzogen, daß sie eine fähige Lebensgefährtin sein wird."

„Das habe ich schon erfahren, war die Antwort."

Nach weiterer kurzer Unterhaltung ging unsere Heldin nach ihrem Zimmer, kleidete sich zum Ausgehen um und ging dann mit Sir George aus, um einige Sachen, welche Sie für das Tableau brauchte, zu kaufen, nachdem sie vorher ihrem Bräutigam ihre Absicht, an demselben theilzunehmen, mitgetheilt und er sich gern bereit erklärt hatte, sie zu begleiten. Sie kehrten dann in einer Kutsche von dem Ausgang zurück und er ließ sich das mittlerweile von Frau Barton bereitete Mittagmahl prächtig schmecken. Von dem Ausgange hatte er seiner neuen Mutter einen kostbaren Fächer mitgebracht, den sie zuerst am Hochzeitstage tragen sollte.

Am Nachmittag fuhren alle Drei nach dem Park und aßen schließlich daselbst in einem Hotel zu Abend, damit Bertha die übrige Zeit zu Hause den Vorbereitungen für das Fest widmen konnte.

Letzteres war eine glänzende Affaire. Bertha war eine brillante Germania, ihr Kostüm und ihre Haltung waren gleich schön. Nach dem Tableau trat sie unter tiefstem Stillschweigen an den Rand der Bühne und sang die „Wacht am Rhein" mit ihrer klangvollen, mächtigen Stimme so wunderschön, daß ihr das Auditorium wie verzaubert in tiefstem Schweigen zuhörte, nachdem sie geendet aber in einen Beifallsturm ausbrach, der das Gebäude in seinen Grundvesten erzittern machte. Zweimal mußte sie den letzten Vers wiederholen, ehe sich der Beifallsturm legte und man ihr gestattete, sich zurückzuziehen.

„O, Schatz!" flüsterte Sir George ihr zu, als sich die erste Gelegenheit dazu bot, „Du hättest als Kaiserin geboren werden müssen. Jeder Zoll an Dir ist eine Kaiserin, kein Wunder, daß Du das Auditorium bezaubertest! Du hast mich dabei in einer Weise ergriffen, die ich nicht beschreiben kann. Auch hörte ich mehrfach Deine Aussprache loben und sagen, daß ein Deutscher auch nicht den kleinsten Fehler an derselben entdecken könne."

„Nun George," antwortete sie lachend, „wenn Du nur gehört hättest, wie Goschen und ich das Lied eingeübt haben. Es war harte Arbeit, aber ich habe sie schließlich doch bewältigt."

„Gibt es überhaupt etwas, was Du nicht bewältigen kannst, Schatz?" frug Gaunt bewundernd?

„Jawohl, es gibt wohl viele Dinge, die ich nie erreichen oder bezwingen kann. Aber ich würde nicht ohne äußerste Anstrengungen aufgeben. Ja, ja, es gibt ein Ding, das ich doch nicht erreichen kann," fügte sie dann hinzu.

„Was ist das wohl?"

„Ich kann den Amerikanischen Siegesbecher nicht verloren geben und ich wünsche nicht, daß Euer britischer Kutter „Genesta" denselben erringt, unter keinen Umständen erringt."

„Das ist natürlich, Liebste, und ich werde Dich deshalb nicht zu Tode verurtheilen," antwortete er lachend. Und doch wünsche ich zugleich, daß ich ihn gewinnen und Dir dann zum Geschenk machen könnte. Uebrigens vergiß Du nicht, mir die Zeichnungen und Modelle Deines Vaters, die derselbe Niemanden zeigen wollte, sehen zu lassen, wie Du versprochen."

„Nein, ich werde es nicht vergessen. Ich werde es morgen früh thun."

Sir George mußte am nächsten Tage nach New York zurückkehren und sein größter Wunsch war, daß Bertha und ihre Mutter ihr Haus unter der Obhut der Frau Goschen lassen und ihn begleiten möchten.

Da dies jedoch nicht möglich war, mußte er allein reisen; aber er reiste erst am Nachmittag und brachte den Morgen damit zu, daß er mit seiner Braut eine große Kiste durchsuchte, welche ihr Vater stets ‚besonders gehütet hatte. Dieselbe enthielt Schätze von unberechenbarem Werth für moderne Jachtschiffer.

„Dieses Modell hier," sagte Gaunt, eines derselben auswählend, „sieht wie das Yankee-Boot „Puritan" aus.

„Jawohl, es sieht so aus," antwortete Bertha, aber der Vater sagte immer, den Jachten gehe es wie den Menschen. Du magst einen Plan, ein Modell und ein bestimmtes Maß nehmen und zwei ganz gleiche Boote nach denselben bauen, und doch wird, wenn es zum Segeln kommt, das eine schneller, das andere langsamer fahren. Ich erinnere mich an eines, welches der „Post Boy" genannt wurde. Das Boot übertraf an Schnelligkeit alle andern auf dem Delaware und mein Vater erhielt in Folge dessen zahlreiche Aufträge auf Boote, genau nach seinem Muster. Doch von all' diesen Nachahmungen erreichte nicht eine die Schnelligkeit des Originals und dasselbe blieb unbeschränkten Siegen, bis es von einem Fährboot im Dock zerdrückt wurde."

„Ja," stimmte Gaunt bei, „diese Erfahrung haben auch unsere Bootbauer häufig gemacht. Irgend eine eigenthümliche oder zufällige Form am Bug, am Stern oder sonstwo, werden im Verein mit einer glücklichen Methode in der Takelage einem Fahrzeug Vorzüge vor anderen geben, welche keine Nachahmung, und wenn dieselbe noch so correct sei, besitzen, noch viel weniger aber übertreffen kann. Ich glaube, Deines Vaters Geschäft wird von einem seiner früheren Arbeiter weitergeführt?"

„Nein, es wurde vor einiger Zeit ausverkauft und besteht nicht länger."

„Nun, das schadet nichts, ich werde es dann in New York bauen lassen."

„Was?"

„Nun, ich werde Dir nach diesem Modell ein kleines Boot bauen lassen und Du kannst mich im demselben ausfahren."

„Willst Du? Das wird ja prächtig. Was werden wir dann für eine herrliche Zeit haben! Wie lange wird der Bau des Bootes dauern?

„Nur kurze Zeit. Man arbeitet in diesem Lande wunderbar schnell; viel schneller als bei uns zu Hause. Wie wollen wir das Boot nennen?

„Nun, wenn ich den Namen geben soll, dann nenne ich es „Klein Puritan."

„Dem stimme ich bei, denn ich würde diesen Namen selbst vorgeschlagen haben, da nach meiner Absicht die Neu England Boot als Sieger aus dem Kampfe hervorgehen wird."

„Ich glaube, daß Du Recht hast; ich bezweifle es nicht. Wenn ein guter starker Wind weht, wird es alle Concurrenten hinter sich lassen. Bei wenig Wind mag man es besiegen, in einer guten Brise nie."

„Nun ich werde morgen den Auftrag zum Bau geben und nächste Woche wollen wir uns Beide den Fortschritt desselben ansehen. An welchem Tage wirst Du mit Deiner Mutter nach New York kommen?"

„Am nächsten Dienstag. Ich werde morgen an Frau Caldwell schreiben. Ich hoffe, daß wir bis Samstag hier alle oder doch fast alle unsere Geschäfte abwickeln können, so daß wir dann spätestens am Dienstag abreisen können.

„Sende mir am Montag Abend eine Depesche!" sagte darauf Gaunt mit schelmischem Lächeln.

„Gut, das werde ich thun," antwortete Bertha, „aber bitte, sei dann nicht so dumm wie eine gewisse Dir bekannte junge Dame, sondern blicke, wenn Du dieselbe erhältst, sorgfältig nach dem Datum. Dann brauchst Du Dich nicht, wie sie, auslachen zu lassen."

„Du irrst Dich! sie wurde nicht ausgelacht," antwortete Gaunt, „wenn sie nicht selbst über sich gelacht, was sie übrigens nicht that, soviel ich weiß, denn sie war sehr bös darüber, daß ihr Schatz sie über einer Schüssel voll Teig und bei vollster Mehlverschwendung antraf.

„Laß ab! Es ist genug!" rief Bertha aus.

„Dann küß' Deinen zukünftigen Herrn und Gebieter und er wird Dich dann nicht wieder necken, bis Du ihm eine neue Gelegenheit dazu gibst."

Bertha begleitete dann Sir George zum Bahnhof und kehrte darauf nach Hause zurück und half ihrer Mutter in der Auswahl der Hausgeräthe, welche sie behalten und nach New York in ihre neue Wohnung senden wollten. Ein Mann wurde zum Verpacken engagirt, doch machte die Unterweisung desselben Bertha ebenso viel Arbeit wie die Arbeit selbst. Doch wurde man viel früher als erwartet fertig und schon am Samstag gab es nichts mehr zu thun.

„Mutter," sagte Bertha, „ich möchte Sir George in seiner eigenen Münze bezahlen und ihn ebenso überraschen, wie er mich überrascht. Wie Du weißt, wollten wir am Dienstag nach New York reisen. Laß uns nun schon am Montag gehen und ihn am Montag Abend überraschen, wenn er mit seiner Cigarre bei der Zeitung sitzt. Es ist dies seine Gewohnheit und ich kann mich dadurch für meine Ueberraschung beim Brodbacken rächen. Das wird prächtig!"

„Nein," antwortete die Mutter, „ich versprach seine Partei zu nehmen und ich werde ihn nicht überraschen lassen."

„Nein, beste Mutter, den Spaß darfst Du mir nicht verderben!" rief Bertha aus. Ich führe ihn aus und Du fährst mit mir am Montag Morgen um halb 8 Uhr mit dem Expreßzug nach New York.

Frau Barton opponirte nicht länger; aber sie lachte über den Plan.

Am Montag Morgen waren Beide frühzeitig auf, aßen ein kräftiges Frühstück, welches Frau Groschen für sie bereitet hatte, und zur rechten Zeit kamen sie in New York an, von wo sie dann nach Herrn Caldwell's Hause weiter fuhren. Hier wurden sie mit großer Herzlichkeit empfangen und Bertha theilte sofort Frau

Caldwell und ihren Töchtern mit, wie sie Sir George überraschen wollte, nachdem sie erzählt, wie sie von ihm überrascht worden war. Sie freute sich sehr, daß man gegen ihre Absicht durchaus keine Einsprache erhob, sondern ihr vollste Zustimmung gab, als ob sich das von selbst verstände.

„O, wir werden mitgehen und Dich triumphiren sehen. Das wird prächtig werden!" sagte Edna, und die ganze Gesellschaft lachte herzlich.

Als der Abend kam, lehnte es Frau Barton ab, Bertha zu begleiten und das muthwillige Mädchen fuhr daher allein in einem Wagen nach der Wohnung des Sir George. Als sie daselbst ankam, erhielt sie von der ihr wohl bekannten Wirthin, der sie mittheilte, daß sie Sir George in seiner Junggesellenwohnung überraschen wollte, eine Note der Frau Caldwell, in welcher dieser ihr Ausbleiben entschuldigte.

Die Wirthin theilte ihr hierauf mit, daß Sir George sich im Speisezimmer befinde, und forderte sie auf, sofort abzulegen und in das Speisezimmer zu gehen und ihn zu überraschen.

Bertha that wie ihr geheißen, und schlich sich dann auf den Fußspitzen in das Zimmer, ohne daß es Jemand gemerkt hätte.

Sie öffnete leise die Thür und schlich sich in das Speisezimmer. Das Gas brannte nur schwach, so daß sie eine zwischen der Thür und dem Tische stehende spanische Wand nicht sah und gegen dieselbe stieß.

„Presto!" rief da Gaunt's sonore Stimme.

Und in demselben Augenblicke wurde das Gas voll erleuchtet und Bertha trat hinter der Wand hervor, um ihren Bräutigam herzlich auszulachen. Aber sie war die Ueberraschte, denn an dem reich gedeckten Tisch saßen Herr und Frau Caldwell mit ihren beiden Töchtern, Edna und Mary, Bertha's Mutter und Sir George selbst. Zur rechten Seite des Sir George war ein leerer Stuhl.

„Beeile Dich! hier ist ein Stuhl der Deiner harret. Wir hatten schon zu glauben angefangen, Du hättest den Plan aufgegeben und kommst nicht. Da die Notiz von dieser Affaire zu kurz kam, können wir Dir leider nicht viel bieten und Du mußt fürlieb nehmen, liebe Bertha. Erlaube mir, Dich nach Deinem Platze zu führen. Du sitzest zu meiner Rechten, nicht zur Linken, weil ich weiß, Du siehst nicht gern, wenn man linkisch ist. Nicht wahr?"

Während Sir George diese kleine Ansprache in vertraulichem aber ,eyr feierlichem Tone hielt, trat er vor und nahm die Hand seiner Braut, die vor Erstaunen bald ihre Mutter, bald die Andern ansah. Nachdem sie sich jedoch von ihrem Erstaunen erholt, gewann sie wieder ihre Fassung wieder und sie antwortete:

„Meine Damen und Herren, Sie müssen gütigst meine Unhöflichkeit entschuldigen, daß ich Sie so lange warten ließ. Aber ich versichere Sie, daß nur meine Mama daran Schuld trägt; denn hätte sie nicht den Entschluß gefaßt, stets Sir George's Partei zu nehmen, so würde dies nicht passirt sein. Und nun, nachdem Sie mir verzeihen, werde ich mich setzen und es mir in Ihrer Gesellschaft gut schmecken lassen."

Und stolz wie eine Königin schritt sie auf ihren Stuhl zu und nahm Platz, nachdem sie vorher noch ihrer Mutter, der sie einige Augenblicke fest in's Auge geschaart, die Wangen geküßt. Sie benahm sich dabei so graciös, daß sie lebhaften Applaus wachrief und Herr Caldwell händeklatschend ausrief:

„Oho! Sir George! Frl. Barton hat Ihnen doch noch den Rang abgelaufen und ist Siegerin geblieben!"

„Ich gebe ihr gern diesen Vorsprung!" lachte der Bräutigam.

Man ließ sich dann ein ganz vorzügliches Abendmahl prächtig schmecken und dabei wurde viel gelacht und gescherzt.

Ehe man an dem Abend von einander ging, sagte Sir George: „Weißt Du Schatz, daß es mir zehnmal lieber gewesen wäre, wenn Deine Mutter nicht meine Partei genommen und mich von der beabsichtigten Ueberraschung nicht in Kenntniß gesetzt hätte, sondern hätte Dich ungehindert kommen lassen? Wir würden dann einige genußreiche Stunden in aller Stille mit einander verlebt haben."

„Dann hättest Du nicht ihre Hilfe acceptiren sollen! Du siehst nun, wie Du uns Beide gestraft hast, denn uns Beiden würde die Ueberraschung Freude gemacht haben.

„Nun, das nächste Mal sollst Du Deinen Willen haben Schatz!"

Am nächsten Tage ging Sir George und Bertha, um nach dem Fortschritt des Baues des „Klein Puritan" zu sehen. Das Boot nahm bereits Gestalt an, das heißt nur für erfahrene Augen, denn es waren außer Kiel und Rippen noch nichts zu sehen. Gaunt freute sich ganz besonders über die gründliche Inspektion, welcher seine Braut den Bootbau unterwarf, und er war nicht wenig stolz auf ihre Fachkenntniß, welche sie in ihrer langen Unterhaltung mit dem Bootbauer verrieth. Sie machte dabei Vorschläge zu Verbesserungen im Plane, die er anfänglich nicht einsah. Aber nach einigen Argumenten, in denen Bertha unwiderleglich bewies, daß sie wenigstens theoretisch Recht hatte, gab er nach und gestand zu, daß die Aenderung keinen Schaden thun könnte, wenn sie nicht die erwartete Verbesserung zur Folge hätte. Dieselbe wurde daher vorgenommen.

Den Rest der Woche brachte das Paar mit dem Besuch verschiedener befreundeten Familien zu und am nächsten Montag reisten sie zum Besuch Caldwell's in deren Villa nach Long Branch. Selbstverständlich erregten sie dort allgemeines Aufsehen und sie wurden mit Einladungen und sonstigen Höflichkeitsbeweisen förmlich überschüttet.

„Liebste Bertha," sagte ihre Mutter eines Morgens, als sie zufällig einmal allein auf der Veranda saßen, „ich hoffe, daß all dieser Sonnenschein und diese Kette von Vergnügungen meinem kleinen Mädchen den Kopf nicht verdrehen werden."

„Nein, beste Mutter, entschlage Dir solche Gedanken. Der Kopf Deiner Tochter ist nicht im geringsten verdreht, sondern noch ebenso gefaßt und klar wie früher."

„Es freut mich, das von Dir zu hören, denn die meisten Mädchen, besonders in Deinem Alter, lassen sich leicht verblenden.

„Zu der Sorte gehöre ich nicht," antwortete sie. „Aber jetzt werde ich nach dem Strande abgeholt. Gehst Du heute Morgen mit uns baden, Mutter?"

„Nein, Beste, ich fühle mich nicht besonders wohl, aber sei auch Du vorsichtig und wage Dich nicht zu weit in die See!"

„Jawohl Mama, ich werde Dir folgen, denn ich weiß, Du würdest Dich um mich sorgen; und wenn Du nicht haben willst, daß ich bade, dann will ich es unterlassen!"

„O nein, Bertha! Ich weiß Du badest gern und deshalb gehe, aber sei vorsichtig."

„Komm, Meermaid! Komm mit uns!" rief ein halbes Dutzend fröhlicher Stimmen aus, und mit dieser Gruppe wanderte sie dann zum Strande hinab, wo alle in den Badehäusern verschwanden, um einzeln in ihren Badekostümen wieder zu erscheinen. Cousin Ben kam zuerst an den Strand, ihm folgte Sir George und Beide setzten sich auf den Sand und warteten auf die Andern. Es waren im Ganzen zwölf Personen, Damen und Herren. Die Familie und Gäste Caldwell's. Alle freuten sich über die Ungenirtheit, mit der Sir George sich unter ihnen bewegte. Allerdings waren einige Damen eifersüchtig auf einander und auf ihn, da sie seine Gunst für sich zu erringen strebten. Doch das war ja in jeder Gesellschaft selbstverständlich. Nachdem nun aber seine Heirathsangelegenheiten regulirt und bestimmt waren, so mußten sich die enttäuschten Rivalen damit begnügen, sich gegenseitig an ihrer Enttäuschung zu weiden. Das thaten sie auch, obgleich sie dem Brautpaare gegenüber nur Glückwünsche und freundliche Gesichter hatten.

Von den Damen erschien Bertha zuerst und bei ihrem Erscheinen erhoben sich sämmtliche Herren zu ihrem und der später kommenden Damen Empfange vom Sande.

Es war in den verschiedenen Hotels und Villen ausgesprengt worden, daß die „schöne Meermaid" wieder da sei und dies hatte eine große Menge Neugieriger an den Strand geführt, die sie gern sehen wollten, um—somehr da sie jetzt mit einem wirklichen Lord verlobt war. Als daher Sir George, selbst ein ausgezeichneter Schwimmer, sie in die Wellen führte, durchlief ein Gemurmel der Bewunderung die Reihen der Zuschauer. Wie gewöhnlich, so zeichnete sich Bertha wieder vor allen ihren Gefährten im Schwimmen aus. Edna's Bräutigam wollte ihr allerdings den Rang streitig machen, wurde aber glänzend besiegt.

Als die Gesellschaft eben im Begriff stand das Wasser zu verlassen, hieß es plötzlich, daß Jemand in Gefahr sei, und ein Blick über das Wasser zeigte, daß zwei junge Mädchen, zwei Schwestern, die in einer benachbarten Villa wohnten, am Ertrinken waren. Beide konnten schwimmen und hatten, als sie Bertha's Kunststücke im Wasser sahen, den Versuch gemacht, dieselben nachzuahmen.

Im Augenblick entstand eine furchtbare Aufregung und im nächsten Augenblick rief Bertha aus:

„Komm George! komm schnell!"

Und schnell lief sie in's Wasser zurück und schwamm den in Gefahr befindlichen Mädchen zu, ehe nur die Rettungsmannschaften Anstalten zur Rettung getroffen. Sir George folgte ihr, aber so stark und ein so tüchtiger Schwimmer er auch war, so konnte er dem prächtigen Mädchen nicht nachkommen, deren schönen kräftigen

Glieder mit Leichtigkeit die Wellen zertheilten und sie schnell weit hinaustrugen, ihn und die Rettungsmannschaften zurücklassend.

„Fürchtet Euch nicht, Mädchen!" rief sie den Bedrängten zu, als sie sich ihnen näherte und sah, wie dieselben unterzugehen im Begriff waren.

„Werft Euch glatt auf den Rücken."

Beide hielten sich aber umfaßt und konnten diesem Rathe nicht folgen. Doch machten sie, durch ihre Zurufe ermuthigt, erneuerte Anstrengungen und in weiteren drei Viertel Minuten hatte Bertha sie erfaßt.

„Nun verhaltet Euch ruhig und thut nur was ich Euch sage, dann seid Ihr gerettet! Das Boot kommt!" sagte sie. Sie faßte Beide fest an und trennte sie dadurch von einander. Dann hielt sie Beide von einander und unterstützte sie. Mittlerweile war Sir George an ihrer Seite angelangt und nahm ihr die Hälfte ihrer Bürde ab. Nun kam auch das Rettungsboot an und die Mädchen wurden in dasselbe gehoben, wobei sie sofort besinnungslos niedersanken.

„Rudert sofort an's Land!" sagte Bertha zu der Mannschaft, wir werden schwimmen. Und sie und Sir George schwammen an den Strand, wo sie von der versammelten Menge mit einer großen Ovation empfangen wurden.

Mehrere Aerzte offerirten sofort Bertha ihre Dienste, falls sie von der Aufregung schwach sein sollte. Sie reichte ihnen lächelnd die Hand, um an ihrem Pulse zu fühlen, daß sie nicht im Geringsten aufgeregt sei, und während sie so in der Gruppe ihrer Freunde stand, mit ihrem prächtigen langen Haar, ihren feurigen Augen, rosigen Lippen und hoch wogendem Busen, ohne die geringste Aufregung zu verrathen, glich sie einem schönen Bilde oder besser einer lebenden Statue. Kein Wunder, daß Sir George mit freudigem Stolze auf sie schaute, als er sie anblickte und von allen Seiten Ausdrücke enthusiastischer Bewunderung für sie hörte.

„Doctor," sagte einer der Aerzte zu einem Collegen, „haben Sie je solch einen prächtigen Organismus als diesen gesehen?"

„Nein, Herr! Nie zuvor! Frl. Bertha gestatten Sie mir, Sie zu versichern, daß Sie ein physikalisches Phänomen sind. Nach der Aufregung, die Sie heute Morgen erfahren, und besonders nach der Nervenanstrengung, welche der Unfall verursacht, sollten Sie von Rechtswegen das Bett aufsuchen, sich in Decken einwickeln und tüchtig reiben lassen und Stimulanzen zu sich nehmen. Und statt dessen stehen noch hier mit einem Puls, der nicht zehn Schläge von dem Normalzustande abweicht."

„Ja, sehen Sie Doctor," rief Vetter Ben aus, „Sie sehen Cousine Bertha ist selbst außergewöhnlich, und was die Pulsschläge anbetrifft — nun sie schlägt eben Alle."

„Ben," antwortete Bertha, nachdem der Arzt ihre Hand losgelassen, „ich muß die „Chestnut" zurufen," und dann wanderte sie mit den andern Damen nach den Badehäusern, um der Demonstration der immer größer werdenden Menge, welche ihren Heroismus bewunderte und pries, zu entgehen.

Zehn Tage vergingen und jeder derselben wurde von unserer Heldin in einer ununterbrochenen Reihe von Unterhaltungen, Segelfahrten und Spazierfahrten verlebt. Es ist wohl nicht nöthig zu sagen, daß am ganzen Platze nicht zwei Leute sich befanden, die so ungetrübt glücklich waren, wie sie und ihr Bräutigam, obgleich sie nur selten Gelegenheit hatten, sich auf kurze Zeit allein unterhalten zu können.

Als sie nach New York zurückkehrten, fanden sie zu ihrer großen Freude, daß „Klein Puritan" fast fertig war, so daß er in einer weitern Woche vom Stapel gelassen werden konnte. Die Familie Morris verlebte den Sommer in ihrer Newport Villa und auch sie luden Sir George und Frl. Bertha zum Besuch ein. Die Einladung wurde angenommen und neue Eroberungen harrten ihrer, von denen wie gewöhnlich unsere Heldin den Löwenantheil erhielt, worüber Sir George durchaus nicht ungehalten war. Er war stolz auf die Aufmerksamkeit, welche man seiner Braut überall zollte, und dachte dabei nie an seinen eigenen Rang, der doch für Viele der Hauptanziehungspunkt und Grund zur Aufmerksamkeit war. Wie in Long Branch, so gab es auch in Newport eine lange Reihe von Unterhaltungen, Partien und Yacht-Excursionen. Zu letzteren wurde Bertha stets als „Schiffer" geladen, welcher Aufgabe sie sich nicht nur zu Sir George's größter Freude, sondern auch zur Genugthuung der Yacht-Besitzer und ganz besonders zur Freude der Capitäne, die sie über ihre Geschicklichkeit und Erfahrung nicht genug wundern konnten, stets wie ein alter See-Veteran entledigte. Einer der ältesten und besten Capitäne sagte über sie:

„Diese Dame ist ein ganzer Admiral! Ich habe genau auf ihre Fehler aufgepaßt und auch nicht einen entdecken können. Zweimal dachte ich, sie hätte Unrecht, da sie etwas that, was ich unter diesen Umständen nicht gethan haben würde, doch fand ich aus, daß Sie im Recht war. Ja mein Herr, sie geht mit einer Yacht um, wie ein Indianer mit seinem Mustang-Pony — dieselbe muß thun, was sie haben will. Offen gestanden, ich würde nicht gern eine Wettfahrt mit ihr unternehmen, da ich keine Lust habe, geschlagen zu werden.

„Haben Sie Frl. Barton schon schwimmen sehen?" war eine Frage, die man täglich in Newport hören konnte und ihr Erscheinen unter den Badenden am Strande erregte stets Sensation. Zuerst hatten zwei oder drei tüchtige und graziöse Schwimmerinnen unter den Damen, welche sich für unbesiegbar hielten, sich vorgenommen die Meermaid von Long Branch zu besiegen, aber sie waren glänzend geschlagen worden. Darauf unternahm ein Dutzend Herren, ihr zu zeigen, was sie leisten konnten, aber ihre Niederlage war noch vollständiger als die der Damen gewesen war. Und nicht weniger erfolgreich war unsere Heldin in den Errungenschaften im Gesellschaftszimmer. Sie konnte sich fast über jedes Thema unterhalten, ausgenommen über Reisen, aber dann mußte sie entweder das Gespräch auf ein anders Thema zu lenken oder sie blieb eine aufmerksame Zuhörerin, wodurch sie sich nie eine Blöße geben konnte.

In der Nachbarschaft der Villa der Familie Morris wohnten mehrere junge Damen, die Bertha wegen der Aufmerksamkeiten, die ihr von allen Seiten gezollt wurden, haßten und die sich vorgenommen hatten, sie womöglich aus ihrer dominirenden Stellung zu verdrängen. Sie fanden aus, daß Bertha nie reiten gelernt, und sie nahmen sich daher an, sie von dieser schwachen Seite anzugreifen und ihr eine Niederlage zu bereiten. Es kam nicht darauf an, ihr dabei eine Verletzung zuzufügen, ja die Anstifterin der Verschwörung, die Tochter eines reichen New Yorker Brokers, hätte vielleicht gern gesehen, wenn sie dabei verunglückt wäre und ihren Tod gefunden hätte. Zufälliger Weise hatte jedoch eine Dame, welche sich ein Geschäft daraus machte, klatschend von Villa zu Villa zu gehen, ein Gespräch der Verschwörer überhört und da sie eine enthusiastische Verehrerin Bertha's war, so theilte sie derselben das Complott sofort mit.

Unsere Heldin war nicht nur verdutzt, sondern entsetzt durch das Complott.

„Wer hätte gedacht, daß ich in der ganzen weiten Welt einen Feind haben könnte?" sagte sie. Dann theilte sie Sir George die Affaire mit und frug ihn, um Rath.

„Was sollst Du thun, Schatz?" fragte er, „Glaubst Du, daß Du reiten lernen könntest?

„Ich weiß es nicht," antwortete sie, „aber ich fürchte mich nicht, es zu versuchen."

„Das ist brav, Theuerste, und Du sollst das sofort thun. Glücklicherweise erwarte ich hier einen Mann in Bezug auf meine Rindvieh-Ranch im Westen. Er ist ein wahrer Centaur und er kann Dich nicht nur reiten lehren, sondern Dich auch in merkwürdigen Kunststücken mit Pferden unterrichten. Ich werde ihm umgehend depeschiren und ihn nicht eher wieder von hier weglassen, bis Du im Stande bist, den Stolz dieser erbärmlichen Creaturen zu brechen."

Am nächsten Tage war bereits Alles arrangirt und auf einer nicht weit von der Stadt belegenen Farm wurde Bertha einem Herrn Ned Parkin als dem Manne, „von dem sie reiten lernen sollte, wie ein wilder Indianer," vorgestellt. Er war eine kleine, so unscheinbare Persönlichkeit, daß Bertha sich nicht enthalten konnte, dies zu bemerken:

„Ja, Schatz, er sieht unscheinbar aus, aber der Bursche ist ein Riese und hat den Teufel im Leibe. Du wirst das bald erfahren," antwortete Gaunt.

In zarter, weiblicher Stimme sagte dann Parkin:

„Zuerst, Fräulein, muß ich sie fragen, ob sie sich vor Pferden fürchten?"

„Nein! wenigstens denke ich nicht, daß ich mich fürchte."

„Das ist gut; haben Sie ein Pferd bestiegen?"

„O nein, nie!"

„Das ist gut, denn Sie brauchen denn keine Fehler zu verlernen. Halten Sie Ihren Arm hier herauf, legen Sie den Ellbogen — so,— nein — weiter zurück — etwas mehr — das ist recht! Jetzt legen Sie Ihre Finger in die meinigen — da ist der Zügel — halten Sie mich, wenn ich mich zurücklege, und lassen Sie mich nicht eher los, bis ich es sage, und bewegen Sie Ihre Ellbogen nicht."

Sie folgte seinen Worten, er stellte seinen Fuß gegen sie und bog sich rückwärts, so daß ihr Arm sein Gewicht zu tragen hatte. Sie hielt ihn so drei Minuten lang, ehe er ihr gestattete loszulassen.

„Das ist vorzüglich!" rief Ned aus. „Sie haben feste Sehnen! Haben nicht einmal gezittert."

„Dann hielt er ihr einen langen Vortrag über Pferde und ihre Gewohnheiten

— er lehrte sie die ganze Theorie des Reitens. Hierauf erklärte er seinen Vortrag an einem von vier im Stall stehenden Pferden. „Dieser Bursche," sagte er, ist sanft wie ein Lamm und würde Niemand etwas zu Leid thun; aber die andern drei sind recht böse Thiere. Ich verkaufe dieselben an Buck Taylor, der mit „Buffalo Bill's Wildem Westen" reist.

Eine halbe Stunde lang beobachtete nun Bertha ganz genau, was Pardin that, mit größter Aufmerksamkeit, wobei sie ihn mehrere Male Handgriffe, die sie noch besser verstehen lernen wollte, wiederholen ließ. Dann, nachdem er seinen Sattel mit einem Damensattel vertauscht, sagte er, zu Sir George gewandt:

„Nun, mein Lord, helfen Sie der Dame aufsitzen; das ist die galante Seite des Geschäfts, die ich nicht recht verstehe!"

Gaunt gab nun unserer Heldin die nöthige Instruction, worauf dieselben ihren Fuß auf seine Hand setzte und leicht und elegant aufsaß."

„Bitte üben Sie das, Fräulein! Sitzen Sie sechs oder acht Male auf." Bertha folgte zehn Male seiner Order. Dann unterrichtete Pardin sie im Halten des Zügels, besonders des die Kinnkette lenkenden Aufhalters.

„Brauchen Sie diesen nur, wenn Sie sich nicht helfen können," sagte er. „Selbst bei einem bösartigen Pferde können Sie ohne denselben fertig werden, wenn Sie Hand und Knie ruhig halten, so daß das Pferd fühlt, daß Sie seine Herrin sind. Nun, jetzt lasse ich los, und nun thun Sie Alles, was Sie mich thun sahen. Sind Sie furchtsam?

„Durchaus nicht, nicht im Geringsten! das geht ja prächtig! antwortete Bertha mit einer leichten Beugung des Kopfes.

Der Unterricht dauerte über zwei Stunden und bei Schluß derselben hatte sie alle praktischen Schwierigkeiten beim Reiten überwunden. Eine Woche lang brachte sie nun täglich mit Sir George und Pardin einige Stunden auf der Farm zu und dann konnte sie, wie Ned sagte, „Alles reiten, selbst einen bodenden Mustang." Die ganze Geschichte wurde jedoch streng geheim gehalten und als daher in der nächsten Woche Fräulein L— vorschlug, zur Abwechselung einmal eine Reit-Partie zu unternehmen, war sie nicht wenig überrascht, daß Frl. Barton sich von derselben nicht ausschließen wollte, sondern ihre Theilnahme zusagte, wenn sie ein passendes Pferd finden könne.

„O, bedienen Sie sich eines der unsrigen, ich werde Ihnen den Kastanienbraunen zur Verfügung stellen und selbst „Nickel Joe" reiten."

„Ich würde nicht gern sehen, Sie der Gefahr ausgesetzt zu sehen, ein bösartiges Pferd zu reiten, denn —"

„O glauben Sie mir, Frl. Barton, ich werde bei unserer Rückkehr nur Gutes über ihn berichten können. Sie reiten meinen Kastanienbraunen. Er ist sehr sanft, wenn sie ihn zu behandeln verstehen, und natürlich wissen Sie das."

Unter ihrem Compliment und ihrem Lächeln versteckt lag ein Haß und eine Malice, die Bertha wohl bemerkte, doch antwortete sie ruhig:

„Ich nehme Ihre Offerte an, Frl. L—, ich werde Ihr Pferd reiten."

Als die Partie stattfand, nahmen dreiundzwanzig Damen und Herren zu Pferd an derselben Theil; Sir George und seine Braut waren von einem Diener in

3 German Barton.

Livree begleitet. Sie würde ihr eigenes Pferd gehabt haben, aber Gaunt wünschte, daß sie die Offerte des Frl. L. acceptire, was sie denn auch that.

Auf Bertha concentrirte sich die allgemeine Aufmerksamkeit, denn das Pferd das sie ritt, harmonirte nicht nur in der Farbe mit dem Kleide, das sie trug, sondern paßte auch in Größe und Bau so zu ihrer Figur, als ob ein Künstler sie zu einem Modell zusammengestellt.

Von allen Lippen, mit Ausnahme der des Frl. L.—, kamen Ausrufe der Bewunderung. Sie wartete auf ihren Triumph, wenn das Thier, welches eine bösartige Angewohnheit hatte, seinen Neuling im Reiten über den Kopf werfen sollte. Da wurde sie aus seinen Bewegungen gewahr, daß er seine Unart ausüben würde. Noch einen Augenblick, dann war es geschehen! Aber sie wartete vergeblich. Dann rannte, sprang und tobte das Pferd plötzlich.

„Gebrauchen Sie den Aufhaltzügel!" rief Frl. L—, und mehrere Andere stimmten ihr bei.

„O nein! Das ist nicht nöthig, ich werde ihn ohne den zum Gehorchen zwingen," antwortete Bertha, und zwei Minuten später war das Pferd gebändigt.

„Er wird das nie wieder thun, weder bei mir, noch bei Ihnen, es war nur ein Kunststückchen!" sagte die schöne Reiterin, als sie das gebändigte Pferd parirte und neben seiner Eigenthümerin zum Halten brachte.

In diesem Moment vergaß jedoch Frl. L—, sei es aus Vergeßlichkeit oder in der Aufregung, daß auch „Nided Joe" eine große Unart besaß, denn im nächsten Augenblick jagte sie ohne ihren Hut in rasender Eile den Weg entlang. Ja sie war nahe daran, herabgeworfen zu werden und nur durch außerordentliche Anstrengungen hielt sie sich im Sattel, obgleich all' ihre Versuche, Joe zum Halten zu bringen, erfolglos waren. Aber es kam Hilfe und diese Hilfe brachte Bertha Barton. In dem Augenblicke, als das Pferd ihrer Rivalin durchging, gab sie ihrem Pferde einen kräftigen Schlag in die Flanke, der es vor Schmerz und Verwunderung hoch aufbäumen machte, aber dann jagte es hinter dem Durchgänger her und die ganze Gesellschaft folgte in einer großen Kavalkade. Es war eine wilde aufregende Jagd, aber der Kastanienbraune, der schneller und stärker war, überholte schließlich Joe. Bertha ritt neben ihm her und faßte, sich herüberbeugend, plötzlich seinen Zügel dicht am Kiefer und brachte durch einen Griff, den Ned ihr gelehrt, so in einem oder zwei Augenblicken das Pferd plötzlich zum Halten. Mittlerweile war die ganze Kavalkade herangekommen und als das Pferd plötzlich anhielt, fing einer der Herren die in Ohnmacht fallende Frl. L. in seinen Armen auf und verhütete dadurch, daß sie vom Pferde auf den Boden fiel.

Wiederum wurde hier Bertha auf einem völlig neuen Felde zur Heldin und sie wurde mit Glückwünschen und Lob für ihre Geschicklichkeit, Courage und Stärke überhäuft.

„Nun, mein Schatz!" sagte Sir George, „so hat sich das Alles zum Besten gewendet und es freut mich, daß Du im Stande warst zu thun, was Du gethan."

Frl. L— war durch den Unfall so erschüttert worden, daß sie mehrere Tage das Bett hüten mußte. Ihr Vater und ihre Mutter suchten ihre Retterin auf, statteten derselben ihren wärmsten Dank ab und drangen in sie, sie zu besuchen. Sie that dies auch und dabei gestand die Patientin ihre Schuld ein und bat um Vergebung, welche ihr sofort gern gewährt wurde.

„O, Frl. L—," sagte Bertha, „es schmerzte mich sehr, zu finden, daß es Jemand geben konnte, der mir feindlich gesinnt war. Aber von jetzt ab wird es keine besseren und treueren Freunde als Sie und mich geben."

„Ich kann Ihnen nicht sagen, weshalb ich Ihnen feindlich gesinnt war," war die Antwort, „ich bin gewiß, daß Sie mir nie Ursache dazu gaben, und daher ist Ihre liebevolle Selbstlosigkeit umso anerkennenswerther und bewunderungswürdiger. Nein, nie wollen wir von jetzt ab etwas anderes als die besten Freunde sein."

Eine warme Umarmung mit obligaten Küssen besiegelte diesen Freundschaftsbund.

Am nächsten Dienstag Abend gab Frl. L— eine große Gesellschaft zu Ehren des Sir George und seiner Braut, zu welcher die Elite der Newporter Gesellschaft geladen war. Es braucht wohl nicht gesagt zu werden, daß der größte Theil der Einladungen angenommen wurde und daß die L.'sche Villa überfüllt war.

Aber in all der Verehrung, die ihr gezollt wurde, überkam unsere Heldin auch nicht nur für eine Minute ein eingebildeter Stolz. Wenn sie bei ihrer Mutter war, conferirte sie täglich mit derselben, über Alles, was sie erlebt, und wenn sie getrennt von ihr war, verging kein Tag, an dem sie ihr nicht geschrieben hätte. Stets wurde sie durch die weisen Rathschläge und liebevollen Unterweisungen ihrer Mutter geleitet, zu der sie mit dem Vertrauen und dem Glauben eines Kindes emporblickte. Wie man sich denken kann, verlangte ihre eigenthümliche Stellung die äußerste Vorsicht, aber ihr Takt und ihre gesunde Vernunft waren so groß, daß ihre Mutter nie etwas zu corrigiren oder zu tadeln hatte. Das war für ein junges Mädchen von ihrem Alter an und für sich mehr als bemerkenswerth. Es war sowohl wundervoll wie bewundernswerth. Frl. Caldwell macht oft darüber ihre Bemerkungen, nicht nur gegen ihren Mann, sondern auch gegen ihre intimen Freunde.

„Ich bin ihre Beschützerin," pflegte sie zu sagen, „während sie doch keine braucht, so gründlich versteht sie ihre Stellung und so wohl und klug weiß sie sich zu benehmen. Sir George hätte die Welt nach allen Richtungen durchsuchen können, ehe er ihres Gleichen, noch viel weniger aber etwas Besseres gefunden hätte."

Bertha kehrte von Newport nach Frau Caldwell's Villa am Hudson zurück und sie war sehr angenehm überrascht, im Boothause ihr neues Boot „Klein Puritan" zu finden, welches auf schriftliche Order des Sir George von einem Erbauer dahin gebracht worden war.

„O, ist es nicht wunderschön!" rief Bertha aus, als sie ihren prüfenden Blick über das schöne neue Boot gleiten ließ, voll Begierde, die Leistungsfähigkeit desselben in seinem Elemente zu erproben. Die Gelegenheit bot sich ihr bald, denn noch an demselben Nachmittag wurde es vom Stapel gelassen. Der mit der

Obhut des Boothauses betraute Schiffes setzte, sobald „Klein Puritan" auf dem Wasser lag, auf demselben den Mast und die Segel und brachte Alles für die Aufnahme des Capitäns und der Mannschaft in Stand, welche aus Frl. Bertha, Sir George und Edna und Mary Caldwell bestand.

„Wurde das Boot schon versucht?" frug Bertha.

„O, nein!" antwortete Sir George. „Glaubst Du, „Klein Puritan" könnte in Dienst gesetzt werden ohne seine Herrin?"

„Aber das ist parteiisch, Sir George," warf Edna ein.

„Und das mit Fug und Recht," setzte Mary hinzu, „wenn für mich ein Boot gebaut würde, dann würde ich es auch nicht gern sehen, daß Jemand das Steuerruder berührt, ehe ich es gethan."

„Laßt los!" commandirte Bertha und legt ihre Hand an das Steuer und wie ein Vogel flog „Klein Puritan" davon, dem Commando folgend.

„Das Centrum-Bord herunter!" kam das zweite Commando, welches von Sir George prompt befolgt wurde, und schnell wie der Gedanke war das Segel vom Winde gebläht, wie der Flügel eines riesigen Albatroß. Da der Wind auf dem Fluß nicht lebhaft genug war, ließ Bertha das Boot mehrfach kreuzen, wobei sich dann Edna und Mary ängstlich an den Bootwandungen anhielten, obgleich der Capitän ihnen die Versicherung gab, daß sie sicherer als in einem Gartenstuhle seien, „da dort der Wind ein Ziegel vom Dache und Euch auf den Kopf werfen könnte." Auch fürchteten sie sich, wenn Bertha das Boot die Wellen durchbrechen ließ, so daß es vom Bug bis zum Stern erzitterte. Sie stellte alle nur denkbaren Manöver und Proben mit „Klein Puritan" an und derselbe bewährte sich in jeder Hinsicht als ein Boot erster Klasse. Plötzlich kam Jay Gould's Dampfyacht „Atalanta" den Fluß herauf, gefolgt von dem regulären Albany Dampfer. Die Annäherung dieser großen Dampfer machte die beiden Fräulein Caldwell sehr ängstlich, aber Bertha beruhigte sie mit der Bemerkung:

„Fürchtet Euch nicht! wir können um sie herumfahren. Wollen wir Ihnen entgegen fahren?"

„Im nächsten Augenblick war „Klein Puritan" auf dem directen Wege auf die Dampfer zu.

„O, Bertha, steure zur Seite, oder sie werden uns überfahren!" bat Edna, die furchtsamste von Beiden.

„Mittlerweile war nun die „Atalanta" so nahe gekommen, daß man dieselbe mit einem Pfeilschuß hätte erreichen können. Nun legte Bertha bei und fuhr am Dampfer entlang, so daß man sich gegenseitig Revue passiren lassen konnte.

„Schiff ahoi! Wie geht es Sir George und Damen! Es freut mich, Sie alle so vergnügt zu sehen!" Und der Wall Str. Zauberer zog bei diesen Worten grüßend seinen Hut und mehrere Herren, die neben ihm standen, thaten dasselbe und schwenkten dann ihre Taschentücher.

Sir George und seine Gefährtinnen erwiderten den Gruß herzlich und beide Parteien warfen sich Abschiedsgrüße zu, worauf Bertha das Steuer ergriff und direkt auf den Albany Dampfer zusteuerte. Dies that sie mit solchem Geschick und und so guter Berechnung, daß sie prompt auf denselben zufuhr. Der Dampfer war sehr gut besetzt und die Passagiere empfingen die Yacht mit demonstrativen Hochrufen.

Einer der Passagiere kletterte dabei auf das Geländer und rief der kühnen Schifferin zu:

„Cousinchen Bertha! Cousinchen Bertha!"

Man erkannte in ihm sofort Vetter Ben und er erhielt von der Mannschaft des „Klein Puritan" eine recht herzliche Begrüßung, denn er war im ganzen Hause wegen seines offenen, herzlichen und männlichen, dabei aber doch weichherzigen Wesens von Allen geliebt und geschätzt.

Die vom Dampfer verursachten Wellen warfen den „Klein Puritan" wie einen Kork herum, doch schöpfte er nur wenig Wasser. Man setzte die Fahrt noch zwei Stunden lang fort, worauf man denn nach Hause zurückfuhr und das Boot vor Anker brachte. Bertha befand sich in freudiger Ertase über ihr neues Spielzeug und nahm sich vor, jeden Tag zweimal mit demselben auszufahren, wenn sie Begleiter fände. Und ihr Wunsch wurde erfüllt, denn es verging kein Tag, ohne eine Segelpartie im „Klein Puritan," der in der That eine Perle der Schiffsbaukunst war und die Bewunderung Aller, die ihn sahen, erweckte. Wie sein Namensbruder, ließ er mit Leichtigkeit alle andern Boote seine Größe weit hinter sich zurück und selbst größere Boote wurden von ihm überholt.

Eines Nachmittags, als Bertha und Sir George allein im Boote waren, wurden sie plötzlich von einem Sturm überrascht, ehe sie dessen Ankunft bemerkt. Eigentlich hätten sie genügend Zeit gehabt, denselben nicht nur zu bemerken, sondern auch ihre sichere Landung zu bewerkstelligen, aber sie waren so tief im Gespräch, daß sich, ohne daß sie es sahen, Wolken auf Wolken thürmten, bis eine mächtige schwarze Wand am südwestlichen Horizont stand. Plötzlich blitzte es mächtig aus dieser dunkeln Wand und sofort ertönte gewaltiger, betäubender Donner. Dies überraschte das Liebespaar, welches nun auf den ersten Blick sah, daß ihm nicht nur Unannehmlichkeiten, sondern Gefahren bevorstanden. Beide thaten instinktmäßig sofort, was nöthig war, um ihr kleines Boot für den Kampf mit den Elementen zu rüsten, und wie ein alter Matrose versuchte Bertha mit Geschick, womöglich noch vor Ausbruch des Sturmes eine Landung zu ermöglichen. Zum ersten Male erblaßte sie und ihre Lippen zogen sich fest zusammen, aber nicht aus Besorgniß für sich selbst, sondern aus Furcht, daß ihrem Bräutigam ein Leid zustoßen möge. Fortwährend wechselten Beide Blicke gegenseitiger Besorgniß, wie sie den hereinbrechenden Sturm beobachteten, der plötzlich seine Bahn so geändert zu haben schien, daß er ihren Weg kreuzte.

Es waren dies erwartungsvolle und bange Augenblicke nicht nur für unsere Liebenden, sondern auch für ihre Freunde, welche an das Ufer geeilt waren und gestikulirten, während die Damen die Hände rangen. Mit heroischer Ruhe und Geistesgegenwart nahm Bertha ihr Taschentuch und beantwortete ihre Zeichen, obgleich sie zu gleicher Zeit sagte:

„George, wir können das Ufer nicht zur rechten Zeit erreichen. Der Sturm wird mit voller Gewalt toben, wenn wir seichtes Wasser erreichen, und „Klein Puritan" wird in Splitter zertrümmert werden. Wir werden inmitten des

Flusses, mit genug Spielraum, daher sicherer sein! Wende das Steuer, Liebster ich werde! Langsam! So ist es recht!

Mit einem sausenden Geräusch wandte sich „Klein Puritan," Bertha's Hand gehorchend, und schoß wie ein Pfeil vom Ufer ab, denn der Sturmwind hatte ihn nun gefaßt.

Hilferufe und Geschrei erschallte von den am Ufer Stehenden, als sie die Bewegung des Bootes sahen. „Das Mädchen ist toll geworden!" Sie ist verrückt! „Warum kommt sie nicht an's Ufer?" schluchzte Frau Caldwell in einem histerischen Anfall.

„Nein, Mutter," sagte ihr Gatte, „das Mädchen hat nur das einzig Richtige gethan, was es unter diesen Umständen thun konnte."

Drei Sekunden später brach ein furchtbares Unwetter über die am Ufer stehenden ängstlich Beobachtenden herein und durchnäßte sie nicht nur bis auf die Haut, sondern verbarg auch, was das Schlimmste war, das Boot mit seiner theuren Fracht ihren Blicken. Fünfundzwanzig Minuten lang goß es nun vom Himmel herab und dann verschwand der Sturm so schnell wie er gekommen, und die Sonne schien wieder in voller Pracht auf Fluß und Ufer. Weit oben auf dem Fluß erblickten ihre freudigen Augen „Klein Puritan" mit zerbrochenem Mast und zerrissenem Segel, aber, dem Himmel sei Dank, mit Capitän und Mannschaft wohl auf, wenn auch gründlich durchnäßt. Beide schwenkten ihre Taschentücher gegen ihre Freunde, um denselben den Beweis ihrer Sicherheit zu liefern. Nachdem sie dann das Wasser aus dem Boot geschöpft, traten sie die Fahrt nach dem Ufer an, so gut es der zerbrochene Mast und das zerrissene Segel erlaubten, und schließlich langten sie glücklich wieder am Ufer an.

„Ein sehr wässeriges und nasses Abenteuer!" lachte Bertha, als Frau Caldwell sie umarmte, herzte und küßte, während ihr die Thränen über die Wangen liefen.

„Das war ein glückliches Entkommen, Sir George!" sagte Herr Caldwell.

„Glückliches Entkommen!" rief Lord Gaunt aus. „Durchaus nichts derartiges, lieber Herr Caldwell. Es war nur eine etwas mehr als gewöhnlich aufregende Fahrt. Mit Bertha am Steuer, glaube ich, könnte ich in „Klein Puritan" nach Hause, nach Schottland, segeln. Sehen Sie das Boot an, es ist so fest als vorher, und der Mast würde nicht gebrochen sein, wenn ich Bertha's Befehl so schnell Folge geleistet hätte, wie es sich gehörte."

Capitän, Mannschaft und Zuschauer eilten dann nach Hause, wechselten ihre Kleider und versammelten sich dann in der Bibliothek, ohne daß ihnen das Sturzbad geschadet hätte.

Am Abend fand sich eine kleine ausgewählte Gesellschaft ein, der die Erlebnisse des denkwürdigen Nachmittags mitgetheilt wurden, was zur Folge hatte, daß Bertha's Heroismus noch mehr als vorher bewundert wurde.

„Waren Sie nicht zu Tode erschrocken, Frl. Barton? frug ein junger Herr, der sich selbst für ein Stückchen Seemann hielt, „ich möchte nicht für Tausend Dollars in solch' einem Sturm auf dem Wasser sein."

„O, durchaus nicht!" antwortete Bertha, „es war recht stürmisch und aufregend, besonders als der Mast brach und das Segel riß; aber ich fühlte mich, mit Sir George an der Seite, so sicher als ich nur sein konnte. Wenn ich allein gewesen, dann würde ich mich allerdings wohl gefürchtet haben und ich wäre vielleicht auch in den Fluß gefallen."

„Und wenn das der Fall gewesen wäre?"

„Nun, darüber brauchen wir uns jetzt nicht den Kopf zu zerbrechen. Aber ich würde dann gewiß genöthigt gewesen sein, zu schwimmen, um mein Leben zu retten. Nun lassen Sie mich annehmen, Sie wären dabei gewesen," lächelte Bertha außer Stande, der Versuchung zum Spott zu widerstehen. .

„Nun, ich würde Ihnen nach all' meinen Kräften geholfen und Sie, wenn nöthig, gerettet haben."

Diese unschuldige Prahlerei brachte dem jungen Rettungslustigen riesiges Gelächter ein, in das er gutmüthig mit einstimmte, worauf er dann noch die Bemerkung machte, daß ihn das schlechte Wetter jedenfalls verhindert haben würde, einem Leichenbestatter seine Kostenrechnung zu übergeben.

Am nächsten Tage fuhr Sir George nach New York und bestellte neue Tafelage für „Klein Puritan," welche prompt besorgt und angebracht wurde, worauf das Boot dann wieder so schmuck wie vorher aus sah, ja es schien sogar schneller zu segeln, als vorher, als Sir George und sein bewunderungswürdiger „Admiral," wie er Bertha nannte, die erste Probefahrt unternahmen.

Nach Ankunft des Sir Richard Sutton, des Besitzers des britischen Kutters „Genesta," suchte Sir George denselben auf und hatte eine längere angenehme Unterhaltung mit ihm, in deren Verlaufe er seinem Freunde auch seine Verlobung mit Frl. Barton mittheilte und dabei deren Schönheit und geistigen Vorzüge, ganz besonders aber auch ihre nautischen Kenntnisse pries. In Folge dessen lud Sutton ihn ein, seine Braut an Bord der Genesta zu bringen, welcher Einladung sehr bald Folge geleistet wurde, wobei nicht nur die Aufnahme eine sehr freundliche war, sondern auch die Mannschaft Bertha als ein Wunderthier betrachtete, nachdem sie gehört, daß dieselbe eine Yacht regieren könne. Sir Richard Sutton und der Capitän der „Genesta" wurden dabei durch Bertha's nautische Kenntnisse, ihre richtigen Calculationen ꝛc. auf's Höchste überrascht, so daß schließlich auf Veranlassung des Eigenthümers der Capitän unserer Heldin das Commando der „Genesta" für eine am Nachmittag zu unternehmende Kreuzfahrt übertrug. Bertha fühlte sich dadurch in hohem Maße geehrt und sie übernahm, als der Anker gelichtet und die Segel gesetzt wurden, mit Energie das Commando. Sutton und sein Capitän standen ihr zur Seite, um bei einem Versehen oder im Nothfalle ihr mit Rath und That beizustehen, sie fanden aber bald aus, daß ihr Beistand nicht nöthig war, denn unsere Heldin führte den Kutter mit der Ruhe und Sicherheit eines alten Commandeurs, und als sie am Ende die Fahrt denselben schließlich sicher vor Anker brachte, konnten sie ihre Bewunderung ihrer ausgezeichneten Fähigkeiten nicht warm genug ausdrücken.

Mitte September war mittlerweile herangekommen und „Puritan" und „Ge-

nesta" waren für die Wettfahrt bereit, welche entscheiden sollte, ob der Siegesbecher, den die Amerikaner bei Cowes von den Engländern gewonnen hatten, hier
bleiben oder die „Genesta" denselben wieder erobern sollte.

Man wird sich entsinnen können, daß damals eine große Aufregung über den
erwarteten Ausgang dieses Contestes herrschte und in Folge dessen war am Morgen des ersten Tages der Wettfahrten der Hafen von New Jork mit zahllosen
Fahrzeugen aller Art, vom großen Dampfer mit Tausenden von Passagieren bis
zum Boot mit zwei oder auch nur mit einem Insassen, belebt.

Unglücklicher Weise glaubte der Capitän des „Puritan" bei dem Beginn
der Wettfahrt eine günstige Gelegenheit zu sehen, den Curs der „Genesta" zu
kreuzen und er versuchte dies daher. Das Resultat war, daß das Bugspriet den
Letzteren das Hauptsegel des „Puritan" durchstach und dabei abbrach, wodurch
beide Boote zur Fortsetzung der Fahrt unfähig gemacht wurden. Nach den Re-
geln der Wettfahrt gab dadurch „Puritan" dem englischen Rivalen den Sieg in
die Hand, aber Sir Richard erklärte darauf in nobelster Weise, daß er gekommen
sei, um in ehrlicher Wettfahrt zu gewinnen, nicht aber durch einen Unfall wie den
erwähnten. Diese unerwartete Noblesse wurde mit Dank acceptirt und in Folge
dessen wurden auf Order des mit Leitung der Wettfahrt betrauten Comites alle
nöthigen Reparaturen an der „Genesta" prompt ausgeführt und ein ganz vor-
züglicher Bugspriet für den englischen Kutter beschafft. Der Unfall verzögerte
die Wettfahrt nur bis zum nächsten Montag, zum 14. September; an welchem
Tage die beiden berühmten Jachten ihre Wettfahrt vornahmen, bei welcher
„Puritan" mit mehr als 16 Minuten Sieger blieb.

Der nächste Contest fand zwei Tage später statt und nach harten Anstrengungen wurde dieselbe ebenfalls vom „Puritan," aber nur mit 2 Minuten Vorsprung
gewonnen.

Sir Richard war aber trotz dieser zweiten Niederlage noch so höflich als beim
Beginn, und als sein Kutter die siegreiche Jacht erreicht hatte, brachte er und die
Mannschaft denselben ein stürmisches Hoch, das ebenso warm erwidert wurde.
Dann nahm Sir Richard am Bankett des amerikanischen Yacht-Clubs Theil und
wurde dabei gebührend gefeiert und geehrt.

Während dieser Wettfahrt ereignete sich nun ein Unfall der beinahe das Glück
und die guten Aussichten unserer Heldin durch den Tod ihres Bräutigams in der
traurigsten und schrecklichsten Weise beendet hätte.

Sir George hatte für dieselbe eine Yacht gemiethet, deren Besitzer in Europa
weilte, und lud mehrere Freunde ein, mit ihm auf derselben der Wettfahrt beizuwohnen. Unter diesen Freunden waren die Familien Caldwell und Morris.
Um Bertha gefällig zu sein, hatte er „Klein Puritan" mitgenommen, um dieselbe
auf See zu probiren. Er war diesem Vorhaben abgeneigt, aber er ließ sich
durch Bertha schließlich überreden und wie man sehen wird, zu seinem Glück, denn
er wurde dadurch von einem nassen Grabe gerettet.

Als der Unfall sich ereignete, war Bertha, welche vorher im Gespräch mit Herrn
Caldwell gesessen hatte, aufgestanden, um das im Schlepptau hängende Boot zu

betrachten. Während sie dies that, hörte sie plötzlich Etwas in's Wasser fallen — es war Sir George! und aus seinen auf sie gerichteten Blicken, welche den ihrigen begegneten, sprach ein tiefer Schmerz. Bertha glaubte, es sei Einbildung und sie sehe eine Erscheinung, als in demselben Augenblick der Ruf ertönte:

„Mann über Bord!"

Wie dieser Ruf ihr in's Herz schnitt! Aber er erlahmte sie nicht, er electrisirte sie vielmehr zu schleunigem Handeln. Unsere Heldin handelte sofort; sie gab keine Befehle — das hätte zu viel Zeit weggenommen — aber mit einer erstaunlichen Kraft und Schnelligkeit zog sie „Klein Puritan" heran, löste das Schlepptau und sprang in demselben Augenblicke in das Boot. Im nächsten ergriff sie das Steuer, erfaßte das Segeltau und indem sie mit der linken Hand und beiden Füßen arbeitete, befand sie sich nur wenige Sekunden, nachdem der ihr so theure Mann über Bord gefallen, auf der Fahrt zu seiner Rettung. Die lebhafte Brise hatte zwar eine sehr hohe See zur Folge, aber sie füllte auch Bertha's Segel.

„War das eine Pein für mich," sagte sie später. „Ich hatte keine Gedanken — dachte nicht daran, wie und wodurch er in's Wasser gekommen, noch an etwas Anderes. Ich betete nicht einmal. Es schien mir, als ob ich ein über das Wasser fliegendes Vogel sei, der fortwährend von den Wellen berührt wird. Ich hielt meine Augen fest auf Sir George's Kopf gerichtet, sobald er sichtbar wurde, und blickte fest auf die Stelle wo er, wenn er durch über ihn hereinbrechende Wellen verschwunden oder aus Schwäche gesunken war, wieder erscheinen mußte. Mein Herz bebte, aber Kopf und Hand waren ruhig und fest wie Stahl, denn ich wußte, daß Alles vorüber sein würde, wenn meine Hand zu zittern begann. Dem Himmel sei Dank, daß ich „Klein Puritan" unter mir hatte, das mir wie ein edles Rennpferd prompt und unfehlbar folgte! Ruderboote, die von den Wellen umhergeworfen werden, hätten meinen mit dem Tode ringenden Geliebten nie zur rechten Zeit erreichen können; aber der wie ein Vogel dahin fliegende „Puritan" that dies; ich war gewiß, daß er es würde, und wie er mich näher und näher an ihn heran brachte, rief ich ihm fortwährend zu:

„George, mein Geliebter, ich komme zu Dir. Ich komme, Dich zu retten!"

Und er sah mich und er erhob einen Arm, um mir durch ein Zeichen zu verstehen zu geben, daß er mich verstehe. Aber diese Anstrengung war fast sein Verderben, denn er begann zu sinken und war dem Ertrinken nahe. O hätte ich nur mit einem Sprunge die Entfernung zwischen meinem Boote und ihm zurücklegen und ihn in meinen Armen auffangen können, dann wäre er gerettet gewesen, denn ich hätte ihn halten können, bis Hilfe heran kam.

Näher und näher, immer näher kam ich ihm — noch einen Augenblick mehr — das Haar, das über dem Kopfe eines ertrinkenden Mannes schwimmt, ist ein trügerisches Ziel für ein dahin fliegendes Segelboot, damit dasselbe den Kopf nicht trifft und doch nahe genug heran kommt, um ihn fassen zu können — und das war es, was ich zu thun hatte. Plötzlich sah ich, daß es mir nicht möglich war, wenn ich im Boote blieb, und blitzschnell faßte ich meinen Entschluß. Ich war jetzt dicht bei ihm! Ruhig, sei ruhig mein klopfendes Herz! Ich sah ihn noch immer. Er machte eine letzte Anstrengung, denn seine Hände waren unter der Oberfläche des Wassers wie Wachshände ausgestreckt und machten krampfhafte Bewegungen.

„George! Ich bin bei Dir! Gott sei Dank, ich habe Dich! Mein Schatz! Du bist gerettet!"

„Ich entsinne mich jeder Silbe, die ich sprach, und wie ich dieselben hervorstieß, drückte ich das Boot zu ihm hinüber, bis ich im richtigen Moment Steuer und Tau los ließ und in's Wasser sprang, Sir George ergriff und seinen Kopf über Wasser hielt und nach hinten gebeugt über Wasser erhielt.

Wenige Minuten darauf kam ein Boot heran, welches sofort, als der Ruf „Mann über Bord" erschallte, von der Yacht ausgesetzt worden war, und Sir George und ich wurden von demselben prompt aufgenommen.

So schnell als möglich wurde dann sein bewegungsloser Körper auf Deck in Decken gewickelt und Dr. Evans, der sich ebenfalls an Bord befand, nahm ihn in Behandlung und unter seiner Obhut wurde er nach und nach wieder in's Leben zurückgerufen. Mittlerweile hatte ich schleunigst meine nassen Kleider mit trockenen vertauscht und war wieder an seiner Seite, als er wieder zu sich kam. Brauche ich zu sagen, mit welch' inniger Freude ich sah, wie seine Augen sich öffneten und er einen liebevollen Blick auf mich warf, und wie ich fühlte, daß seine sich wieder erwärmenden Hände die meinigen schwach drückten und wie er mir dann leise Worte des Erkennens in's Ohr flüsterte?"

Die Art und Weise, in welcher sich der Unfall zugetragen, waren höchst eigenthümliche. Gaunt hatte eine Birne gegessen und dabei zufällig einen Wurm zerbissen. Damit nun die Damen, welche ebenfalls Obst aßen, nichts davon merken sollten, erhob er sich schnell von seinem Sitze und ging an das Geländer, um auszuspucken, was er im Munde hatte. Als er dies that, machte er einen Fehltritt, verlor das Gleichgewicht und fiel über Bord.

„Ich entsinne mich nur, daß ich aufsah," sagte er zu Bertha, „und dabei bemerkte wie Dein liebes Gesicht fest auf mich gerichtet war, als ich vom Schiffe abgetrieben wurde. Und weißt Du, das spornte mich an, Anstrengungen zu meiner Rettung zu machen, denn ich wußte, Du würdest mich mit ruhiger Ueberlegung retten und ein heroisches Herz konnte dies ohne Rücksicht auf meinen verletzten Rücken unternehmen. Ich erinnere mich, daß ich dabei dachte „Hoffentlich springt sie nicht über mich hinweg." Und dann sah ich, wie „Klein Puritan," von meinem Schatz gesteuert, auf mich zu kam. Dann wußte ich, daß ich gerettet war, und dann — nun dann weiß ich nichts mehr bis zu dem Augenblicke, in dem ich, in Decken gewickelt, meine Augen öffnete und in den blauen Himmel Deiner schönen Augen blickte, mein Liebchen."

Selbstverständlich gab es auf der Yacht, als sich der Unfall ereignete, eine furchtbare Aufregung, die Damen weinten und schrien und die Herren waren sprachlos vor Entsetzen. Der Capitän gab jedoch mit der Promptheit eines erfahrenen Seemanns die nötigen Befehle und wendete die Yacht so schnell als möglich um. Aber bis dies geschehen war, hatte man Sir George weit zurück gelassen und Alle gestanden zu, daß nur die mit blitzähnlicher Geschwindigkeit von Bertha getroffenen Anstalten ihm die Hilfe brachten, die dem unglücklichen Manne von anderer Seite zu spät gekommen sein würden.

Sir George und Bertha hatten nie gern gesehen, daß ihre Namen in den Zeitungen genannt wurden, und sie hatten auch bei dieser Gelegenheit allen an Bord Befindlichen das Versprechen abgenommen, nichts über den Unfall verlauten zu lassen. Eine zeitlang wurde das Versprechen heilig gehalten, aber nach kurzer Zeit wurde die Kunde davon doch laut und Bertha Barton wurde dann eine noch größere Heldin als je zuvor.

Die große internationale Yacht-Wettfahrt war vorbei; der Siegesbecher blieb in Amerika und die „Genesta" und ihr nobler Eigenthümer, Sir Richard Sutton, mußte ohne die ersehnte Trophäe nach England zurückkehren.

Sir George Gaunt's Geschäfte machten ebenfalls seine Gegenwart in der Heimath nöthig und er wünschte daher, den Tag seine Verheirathung mit Bertha früher festgesetzt zu sehen. Als sie eines Abends darüber sprachen, erwähnte er zufällig der Heimath der Hochland Mary, die der Dichter Burns unsterblich gemacht, sowie der kleinen Kirche, in der sie gebetet, als Bertha plötzlich sagte:

„Du hast mir, mein Theuerster, versprochen, daß wir eine großartige Hochzeit in New York feiern wollen. Aber weißt Du, daß ich Dir viel lieber in jener kleinen, schlichten Kirche angetraut werden möchte, die durch jenes treu-liebende, reine Hochland-Mädchen geweiht wurde, als durch den großartigsten Hochzeitsprunk in diesem Lande oder selbst in der weltberühmten Westminster Abtei?"

„Würdest Du das, Liebste?" Nun, Dein Wunsch soll erfüllt werden, denn ich bewundere denselben. Er ist so originell und so romantisch; er soll auf's Wort erfüllt werden. Rufe Deiner Mutter und frage sie, was sie dazu zu sagen hat.

„Mutter, Mutter!" rief Bertha, an die Thür gehend, „es gibt hier einen Fall für das Obergericht, das bekanntlich stets zu Gunsten des Sir George entscheidet, besonders wenn die eigene Tochter im Recht ist."

Frau Barton erschien prompt und nahm stillschweigend Platz, der Darlegung des Streitfalls harrend. Sir George fungirte als Referent und während er erzählte, traten Thränen in ihre Augen und sie versetzte sich zurück in jene Zeit, in welcher ihre eigene Mutter in einer kleinen schottischen Kirche geheirathet hatte, und dachte dann daran, wie sie selbst stets gern gewünscht, in einer solchen getraut zu werden.

„Gott segne Euch Beide, nichts kann erhebender für mich sein, als Euch dort getraut zu sehen," war ihr Entscheid.

Und die Entscheidung des Gerichtshofs soll pünktlich ausgeführt werden; erwiderte Sir George, „und nun macht Euch bereit, am Mittwoch mit dem Dampfer abzufahren.

Als das neue Programm ihren Freunden mitgetheilt wurde, sprach man zuerst allgemeines Bedauern darüber aus, daß die Hochzeit nicht hier stattfinden sollet, schließlich aber fand man doch die romantische Idee einer Heirath in der Kirche der Hochland Mary im fernen Schottland ebenso originell wie schön. Ja viele Damen beneideten sogar Bertha um diese Idee. Unter den herzlichsten Wünschen für ihr ferneres Glück und Wohlergehen, nahmen Sir George, Bertha und ihre Mutter Abschied und traten dann, begleitet von seinem Kammerdiener und einem schottischen Kammermädchen, die Reise an. Dieselbe verlief ereignißlos und zur richtigen Zeit kamen sie in Glasgow an, von wo sie dann zu Wagen nach Ayrshire fuhren, damit Bertha und ihre Mutter Gelegenheit hatten, die verschiedenen historisch interessanten Punkte zu sehen. Derselben gab es eine Menge und jeder derselben veranlaßte Bertha und auch ihre Mutter zu Bemerkungen, welche Sir George zeigten, daß er selbst in seiner Heimath nicht so sehr bekannt war, wie sie.

Bei ihrer Ankunft in Sir George's Ahnensitz, der ganz prächtig zwischen Hügeln lag, wurden beide Damen in ihre künftigen Wohnungen eingeführt, nachdem Sir George die Dienerschaft zusammen gerufen und derselben Frl. Bertha als ihre zukünftige Herrin vorgestellt hatte.

Zwei Wochen lang wurden hierauf die umfassendsten Vorbereitungen für die Hochzeit gemacht und als dieselbe dann heran kam, war es eine nationale schottische Hochzeit, wie die schottischen Hochlande seit den Tagen von Bruce und Wallace nicht gesehen.

Neben den Pächtern der Güter, welche sämmtlich im besten Sonntagsputz erschienen, waren Hunderte von Freunden und Bekannten aus meilenweiter Entfernung eingeladen. Alles, was Sir George's Liebe zu seiner amerikanischen Braut nur ersinnen konnte, geschah, um den Tag zum Schönsten ihres Lebens zu machen.

Es war ein herrlicher Morgen, als die Hochländer ihre Sackpfeifen blasend, nach dem Saale des Schlosses zogen, um das glückliche Paar nach der Kirche zu geleiten. Die Sonne schien in voller Pracht und milderte die frische Bergluft ihre heißen Strahlen, so daß die Temperatur eine äußerst angenehme und erfrischende war. Als das Brautpaar durch die Thür in die kleine Kirche eintrat, in der Burn's Hochland Mary einst gebetet, schritten ihm sieben kleine Mädchen, ein Lied singend, zum Altar voran, wobei sie den Gang mit Blumen und Blättern bestreuten.

Keine mächtige Orgel in Begleitung eines vollen Chors von wohlgeschulten Sopran-, Alt-, Tenor- und Baß-Stimmen, konnte den Vergleich mit dem vom Herzen kommenden und zum Herzen gehenden Gesang dieser kleinen Hochländerinnen aushalten. Sie sangen dasselbe Lied und dieselbe Melodie, die seit hundert und mehr Jahren in jener alten Kirche gesungen worden war, und als sie schwiegen, standen Braut und Bräutigam dicht vor dem alten Diener Gottes, dessen feierlichen Worte sie für die Ewigkeit zu Mann und Frau verbanden. Seine Augen waren schwach, seine Gestalt gebengt und seine dünnen Hände zitterten vor Altersschwäche, als er das Paar in seinem altmodischen schottischen Dialect anredete und ihnen die Heiligkeit ihrer gegenseitigen Pflichten an's Herz legte. Dann steckte er den Vermählungsring an Bertha's Finger, erklärte sie dann für Mann und Weib und rief mit hoch erhobenen Händen Gottes Segen auf diesen Bund herab.

Als er schwieg, begann der Gesang der Kinder auf's Neue und diesmal in fröhlichem Rythmus, und das Brautpaar schritt unter den Klängen des Liedes aus der Kirche. Vor derselben wurde die junge Frau sofort von einer Anzahl Frauen umgeben, die von ihrer Taille den Gürtel, den sie trug, lösten. Zugleich umgaben junge Männer die Braut und versuchten diese den sie umgebenden Frauen zu entreißen, was dieselben übrigens nach alter Sitte verhüteten.

Dann bildete sich ein langer Hochzeitszug, an dessen Spitze das neuvermählte Paar auf schottischen Ponnys ritt, die mit Bändern und Schellen geschmückt waren. Der Zug bewegte sich nach Sir George's Haus zurück und dort wurde dann eine ächt schottische Hochzeit gefeiert, bei der gutes Bier in Strömen floß.

Jedem intimen Freunde ihres Gatten gab Lady Gaunt zwei Stengel Haidekraut, die sie mit einem einzigen Haar, das sie aus ihrem Zopfe riß, umwand, und jeder Frau und jedem Mädchen gab sie mit eigener Hand einen Haferkuchen und eine Silbermünze. Als der Tanz begann, führte sie denselben mit Sir George's Hausmeister ein, während ihr Gatte dessen Frau führte.

Bei Sonnenuntergang versammelten sich alle Gäste vor dem Hause und passirten vor Sir George und seiner Frau vorbei, denselben langes Leben, Gesundheit, Glück, Reichthum und hübsche Kinder wünschend.

Dies endete die Ceremonie und Sir George führte seine Gemahlin nach dem Zimmer, wo ihrer noch eine Ueberraschung harrte, die für ihre Augen allein bestimmt war. Inmitten des modernisirten, elegant eingerichteten Zimmers standen zwei Tische, auf denen gemalte Leinwand, die See repräsentirend, lag. Auf dem einen stand ein ganz vorzüglich gearbeitetes Modell der Yacht „Genesta," des „Puritan" und hinter diesem auch „Klein Puritan" in Miniatur. Bertha war überglücklich vor Freude und, sich zu ihrem Gatten wendend und ihren Kopf an seine Brust legend, sagte sie, als sie ihn zärtlich umarmte:

„O, Du theuerster Mann! Die Ereignisse der letzten paar Monate gehen wie ein wunderschöner Traum an mir vorüber."

„Ein wirklicher Lebenstraum, mein liebstes Weibchen!" sagte er.

Am nächsten Tage sandten Bertha und ihr Gatte Stücke des Hochzeitskuchens an ihre amerikanischen Freunde ab. Einhundert und siebenundvierzig Atlas-Kästchen wurden für diesen Zweck benutzt, die dann prompt verpackt und zur Vertheilung an Herrn und Frau Caldwell versandt wurden.

Jeder ihrer Mitschülerinnen in der Hochschule sandte Bertha mit dem Hochzeitskuchen einen selbstgeschriebenen Brief, in dem sie mittheilte, daß ihr Leben zwischen Schottland und Amerika getheilt sein werde, und daß, wenn immer sie „nach Hause" käme, sie zu ihnen kommen und sie besuchen würde. Und sollte eine von ihnen nach Schottland kommen, dann sollte sie ja nicht an ihr vorbei gehen, weil sie Lady Gaunt geworden, sondern sollte sie wie in alten Zeiten, als sie noch Bertha Barton war, besuchen.

Hiermit schließt, vorläufig wenigstens, eine der romantischsten Geschichten ab, die wir je erlebt, aber ohne Zweifel wird die geistreiche und schöne Schülerin einer amerikanischen Hochschule sich bald in ihrem neuen Leben und in ihrer neuen Heimath ausgezeichnet haben. Beiden, ihr und ihrem verehrten Gemahl, gelten unsere besten Wünsche für ein langes und glückliches Leben.

5. August 1886.

Werther Herr! Wie ich höre, stehen Sie im Begriff, die so romantische Geschichte der Frl. Bertha Barton zu veröffentlichen, welche während einer Yacht-Wettfahrt das Leben des Sir George Gaunt rettete. Wenn Sie das thun, dann bitte vergessen Sie nicht zu erwähnen, wie sie einst in einem Concert unseres Vereins „Die Wacht am Rhein" mit einer Bravour sang, die ich nie vergessen werde und die alle Zuhörer in den größten Enthusiasmus versetzte. So schön hatte ich das Lied nie singen hören und das ganze Auditorium wurde durch den Gesang dieser schönen jungen Dame entzückt. Ich wünsche, jeder Deutsche hätte diesen Gesang gehört. Wir gratuliren ihr und wünschen ihr ferneres Glück in ihrem Leben.

Ihr ergebener

Otto von Berlow.

Bertha could not repress her emotion as her husband clasped her to him.
Bertha konnte ihre Rührung nicht unterdrücken, als ihr Gatte sie an sein Herz drückte.

She stood aghast looking down at the basket.
Bestürzt stand sie da und blickte auf den Korb.

Eine dunkle Wolke am Himmel.

Mit gutem Grunde sagt man „Die Hölle hat keine Furie, die einem verschmähten Weibe gleichkäme!" und mit demselben Recht fügen wir hinzu „Die Erde besitzt keinen größeren Dämon als ein eifersüchtiges Weib."

In letzterem Falle ist der Grad der Gemeinheit ein viel größerer, denn ein verschmähtes Weib hat doch immer eine gewisse Berechtigung zu einer solchen, lebt dieses Weib stets unter dem schmerzlichen Eindruck einer ungerechten und grausamen Behandlungsweise Seitens des Mannes, den es liebt, und es ist die Liebe, die durch sein herzloses, unmännliches Thun in Haß verwandelt wird, die sie fast zum Wahnsinn treibt. Aber ein eifersüchtiges Weib kennt in neun von zehn Fällen diese Gefühle nicht. Sie sieht, wie ein Mann einer andern Frau seine Zuneigung und Liebe zuwendet, er, der ihr vielleicht nicht mehr als ein guter Freund gewesen. Er hat ihr dieselben Aufmerksamkeiten erwiesen, wie ihren Freundinnen und sie hat sich dabei vielleicht nie etwas gedacht. Aber sobald er beginnt einer gewissen hübscheren und mehr gebildeten Dame seine besondere Aufmerksamkeit zuzuwenden, oder selbst wenn diese nicht so hübsch oder gebildet wie sie selbst ist, sofort wird in ihrem Herzen Neid erwachen. Dieser Neid wird bald zur Enttäuschung und zum Aerger. Dann nistet sich in ihrer Brust ein satanisches Rachegefühl ein und sie wird aus einer Frau zu einer Megäre. Dann ist sie zu allen Schandthaten fähig, nur um den Mann oder die Frau, oder auch Beide in's Verderben zu bringen — das ist ihr gleichgiltig.

Sie riskirt dabei zugleich ihr eigenes Verderben, ja sie kümmert sich nicht darum. In ihrem wahnsinnigen Rachedurst kommt dies gar nicht in Betracht. Es spielt dies in der That gar keine Rolle.

Dies waren die Motive des Frl. Georgina Lumsley. Nachdem sie in so feiger Weise versucht, Bertha durch einen Unfall zu schädigen, ja vielleicht zu tödten, indem sie derselben ein wildes Pferd zum Reiten gab, und nachdem ihr auserkorenes Opfer in so edler Weise ihr selbst das Leben gerettet, welches bei jener Gelegenheit in größter Gefahr war, hätte man denken sollen, daß Dankbarkeit und Reue, welche sie zeigte, nicht nur augenblicklich, sondern für immer ächt gewesen wären.

Es wäre dies vielleicht der Fall gewesen, wenn der Gegenstand ihres früheren Hasses nicht aus Schottland zurückgekehrt wäre, um zwei Jahre lang in Philadelphia zu leben, wodurch ihr Haß gegen dieselbe auf's Neue erwachte. Sie würden auch nicht sobald zurückgekehrt sein, wenn nicht Sir George durch Depeschen nach Amerika zurückberufen worden wäre, um bedrohte bedeutende Kapitalanlagen, die er hier gemacht, zu retten. Bertha wünschte anfänglich diese Rückkehr nicht, obgleich sie sich darnach sehnte, ihre alten Freunde wiederzusehen. Sie hatte eine Ahnung von bevorstehenden Unannehmlichkeiten. Aber ihr Gatte zog diese Ahnung so in's Lächerliche, daß sie schließlich nachgab und ihre Einwilligung zur Reise gab.

Ein weiterer unglücklicher Umstand war, daß ihre Mutter nach reiflicher Berathung in Schottland zu bleiben beschloß, während ihr Schwiegersohn abwesend war.

„Ich glaube nicht," sagte er, „daß wir länger als 9 Monate oder ein Jahr längstens wegzubleiben. Ja, offen gestanden, sobald ich hinüber komme, werde ich im Stande sein, meine Geschäfte in wenig Wochen zur Zufriedenheit zu reguliren und dann, mein Schatz, kehren wir nach Hause zurück. Nun, in 99 von 100 Fällen liebt ein junges Weibchen, das sein Mann nach einem fremden Lande entführt, nichts sehnlicher, als bald eine Gelegenheit zu erhalten, um das Land ihrer Kindheit wiedersehen zu können. Ist das nicht so, Mutter?"

„Jawohl," antwortete lachend Frau Barton, „und sobald Sie Bertha dort haben, werden Sie es ebenso schwierig finden, sie nach dem Hochland zurückzubringen, als es jetzt ist, sie zu dieser Reise zu bewegen."

„Vielleicht ließe sie mich lieber allein reisen, bliebe zu Hause und hegte und pflegte ihre böse Ahnung," sagte Sir George, sein junges Weibchen halb besorgt, halb schelmisch ansehend.

„Nein, George, Du weißt das besser! Wohin Du gehst, gehe auch ich, und wenn es unangenehm oder gar ein Unfall sein soll, werde ich es mit Dir theilen. Ich gehe mit Dir in Wohl und Wehe! Doch nun genug davon und laß uns nicht mehr an die Wolken denken, die an unserem Himmel aufziehen könnten."

„Das ist ein braver, kleiner Schatz!" rief Sir George, sein Weibchen umarmend und sie zu sich in einen großen Schaukelstuhl ziehend. Das erinnert mich an eine Geschichte, die ich kürzlich las. Sie war ganz prächtig geschrieben und schilderte, wie ein jung verheirathetes Paar einst zusammen saß, gerade wie wir, und der Mann begann seiner Frau Räthsel aufzugeben. Sie amüsirten sich prächtig dabei, als er sie plötzlich frug:

„Nun, Schatz, angenommen, eine böswillige Person hinge einst in einer dunkeln Nacht einen Korb mit einem hübschen, fetten, rothbackigen, muntern, blauäugigen Cherub von einem Baby darin, an unseren Thürgriff, zöge die Glocke und liefe davon. Dann würdest Du an die Thür gehen und was würdest Du dann thun?"

„Ah, — was ich damit thun würde?" antwortete das kleine Weibchen mit flammenden Augen, „ich würde das böse, häßliche Ding sofort in's Armenhaus schicken!"

„Was! würdest Du das thun, wenn es regnete, oder fröre, oder wenn ——"

„Ja, das würde ich sofort thun!" unterbrach ihn das liebe Weibchen leidenschaftlich.

„Nun denn," rief der Mann dann aus, „ich würde Dir nicht erlauben, so grausam zu sein!"

„So, Du würdest das thun!"

Und so ging der Streit weiter, bis das närrische junge Paar wirklich ernstlich in Streit gerieth und sich auf 2 oder 3 Wochen zürnte, ehe sie die Thorheit ihrer Handlungsweise einsehen und wieder Frieden schlossen.

„Das war in der That lächerlich," rief Bertha lachend aus, „aber es ist doch nicht auf uns anwendbar."

„Nein, durchaus nicht, aber ebenso wenig kann uns eine Ahnung bekümmern; siehst Du das, Liebste?"

„Ja, laß uns nicht so voreingenommen sein!"

„Nein," fügte die Mutter hinzu, „wenn Ihr so lange wie ich gelebt habe und die Hunderte ja Tausende von Omen und Anzeigen völlig fehlschlagen seht, dann werdet Ihr sie Euch alle aus den Gedanken schlagen sobald sie sich einstellen, ebenso wie ihr eine Raupe abwischt, die sich in's Gesicht oder an den Hals setzt, wenn Ihr unter Bäumen geht."

Am folgenden Samstag fuhren Sir George und Frau, nach einem herzlichen Abschied von Frau Barton nach den Vereinigten Staaten ab und landeten dann glücklich in New York. Sie hatten sich entschlossen, daß Bertha bei Caldwell's in New York bleiben sollte, während er mit dem ersten Zuge nach Philadelphia fahren wollte, wohin sie ihm dann eine oder zwei Wochen später folgen sollte.

Als Frau Caldwell in's Empfangszimmer trat, um, wie der Diener ihr gemeldet, „zwei alte Freunde, die sie überraschen wollten" zu begrüßen, aber die, wie der Diener sie versicherte, sie freudig begrüßen würde, gab es keine mehr erstaunte und überraschte Frau in ganz New York.

Unter dem Ausrufe „O wie erfreut ich bin! umarmte und küßte Bertha wieder und wieder. Da das Küssen gar nicht aufhörte, protestirte schließlich Sir George gegen solche Parteilichkeit, worauf Frau Caldwell Bertha losließ und seine Hand ergriff und ihm unter dem Ausrufe:

„Hier alter, guter Junge, nehmen Sie das als Lohn dafür, daß Sie uns Ihre Frau sobald wieder bringen!" einen herzhaften Kuß gab.

Sir George erklärte dann den Zweck seines Besuchs und wünschte Herrn Caldwell in Bezug auf seine Geschäfte, die ihn nach Amerika brachten, zu sehen.

Frau Caldwell ließ sofort anspannen und in kurzer Zeit befanden sich alle Drei im Wagen auf dem Wege zu Caldwell's Office. Von da fuhren beide Damen, Sir George zurücklassend, nach Tiffany's, wohin sich die Töchter der Frau Caldwell begeben hatten um Schmucksachen zu kaufen. Sie trafen dieselben und selbstverständlich gab es wieder eine freudige Scene des Staunens.

Nachdem Bertha's Gatte erfahren, daß die Personen, die er aufzusuchen hatte, sich auf der Reise von San Francisco nach Philadelphia befanden, beschloß er die ganze Woche bei Caldwells zu bleiben.

Am Freitag Abend wurde zu Ehren der gefeierten Gäste ein großes Bankett gegeben, zu dem alle alten Freunde eingeladen waren. Von diesen war Niemand aufmerksamer und liebenswürdiger als Frl. Georgina Lumley, die von allen andern abstach, denn sie war eine der glänzendsten, talentvollsten und schönsten aller anwesenden Damen. Weder Sir George noch Bertha konnten diese schöne und angenehme Aeußere durchschauen und ihr erbärmliches Herz sehen, welches ihre früderen Neue-Versicherungen Lügen strafte und Pläne schmiedete, das glückliche Leben der Gaunts zu zerstören.

Auffallend war es, daß Bertha's Ahnung sich nicht wiederholte, so oft sie in Nähe ihrer heuchlerischen Freundin kam; sonderbar daß sie nicht, wie ein geistiger Barometer ihr den kommenden Sturm verkündete; sonderbar daß sie nicht jedesmal, wenn Frl. Lumley sich ihr näherte, das drohende Klappern der Schlange hörte, die sprungbereit von ihr lag.

Aber sie fühlte Nichts! Ihr Mann ebenso wenig. So wenig, daß Beide, Jedem, der sie auf die drohende Gefahr aufmerksam gemacht hätte, als falschen Propheten bezeichnet haben würden.

Zehn Tage später miethete die Familie Gaunt ein schön möblirtes Haus an West Walnut Str. in Philadelphia, wo Sir George seiner Frau eine angenehme Saison durch Unterhaltungen aller Art bereiten wollte.

Eine der ersten war ein Diner, welches Bertha ihren alten Schulfreundinnen, die sie auffinden und zusammenbringen konnte, gab. Drei Viertel der ganzen Klasse war anwesend. Es war dies ein sehr elegantes, dabei aber sehr schönes und gemüthliches Fest, daß man glaubte, man säße wieder in der alten Klasse zusammen, wie glückliche, sorglose Schulmädchen. Als das Fest auf seinem Höhepunkte war, schloß Sir George, der bis dahin beschäftigt gewesen war, sich den Gästen an und als die Freundinnen dann in den für sie bestellten Wagen wieder abfuhren, lud er jete persönlich ein, Bertha so oft als nur möglich zu besuchen, wobei sie stets freundliche Aufnahme finden würden.

Kurz nachdem Gaunts nach Philadelphia gekommen waren, fand sich auch Frl. Lumley daselbst zum Besuche einer intimen Freundin ein und sie machte sich sofort an die Ausführung eines der schufftigsten Pläne, die je erdacht worden waren. Sie hätte etwas Aehnliches in New York auf dem Theater gesehen und sie beschloß das, was sie von dem Complott behalten, zu verbessern um es dann gegen ihre arglosen Opfer loszulassen.

Wir alle schlauen aber dabei unerfahrenen böswilligen Creaturen, arbeitete sie ihren Plan sorgfältig aus und ließ dabei, nach ihrer Meinung, keine Stelle aus, an welcher ihre Mitwirkung hätte zufällig entdeckt werden können, und dabei gebrauchte sie alle Vorsicht, Niemand diese Vorsicht merken zu lassen, um dadurch nicht Verdacht zu erwecken und Nachforschung anzuregen. Wie es jedoch in solchen Fällen stets zu geschehen pflegt, vergaß sie, daß auch die andere Partei zum Gelingen des Planes mitwirken müssen. Doch wir wollen nicht vorgreifen, sondern erzählen, was sich ereignete.

Eines Tages erhielt die junge Frau Gaunt einen mit einer Schreibmaschine geschriebenen Brief, der angeblich von einem Herrn kam, der ihren Vater gekannt hatte und ihr den Rath gab auf „George" aufzupassen, der wie alle diese fremden Adeligen ein wilder Bursche sei, wenn von Hause abwesend. Er sei nicht selbst schlecht, befinde sich aber in schlechter Gesellschaft, was schlimm ablaufen würde 2c., 2c.

Bertha zerriß die Note und warf sie in ihrem Boudoir in's Kamin mit den Worten:

Bewölkter Himmel.

„Ich glaube auch nicht ein Wort davon! Das ist ein alter verächtlicher Schuft, der das schrieb!"

Einen oder zwei Tage später erhielt sie einen zweiten Brief derselben Art, in welcher die Namen der bekannten Lebemänner genannt wurden, mit denen ihr Mann angeblich seine Zeit verbrachte. Diese Note wurde in derselben Weise behandelt, wie die erste und ebenso ging es einem ähnlichen dritten, vierten, fünften und sechsten Briefe, und dann beschloß Bertha, den nächsten, ohne ihn zu öffnen, in derselben Weise zu behandeln, da sie solch ein grenzenloses Vertrauen in die Ehre ihres Mannes hatte, daß sie die anonymen Briefe gegen ihn gar nicht erwähnt hatte. Viel besser wäre es gewesen, hätte sie ihm dieselben sofort übergeben, damit er womöglich den Absender ausfinden konnte.

Mag es sein was es will, eine Frau begeht stets einen großen Fehler, wenn sie irgend etwas vor ihrem Manne verschweigt, wenn sie ihm traut und ihn wirklich liebt. Und dasselbe läßt sich auch auf das Verhältniß des Mannes zur Frau anwenden.

Unglücklicherweise hatte die siebente derartige Zuschrift ein anderes Couvert, wie die früheren und wurde daher, da sein Opfer den Inhalt nicht ahnte, von diesem geöffnet. Sobald sie die ihr so verhaßte Schrift der Schreibmaschine entdeckte, wollte sie sofort den Brief verbrennen, aber als ihre Augen auf die Worte „schlechtes Frauenzimmer" fielen, gab sie diese Absicht auf.

„Das muß George sehen," rief sie ärgerlich aus und dann setzte sie sich, um die verleumderische Note zu lesen.

Es war zu bedauern, daß sie nicht ihrer ersten Eingebung gefolgt war und die schmachvolle Epistel verbrannt hatte, denn dieselbe war so packend geschrieben, daß sie ihre Aufmerksamkeit fesselte und ihren Zweck erreichte, so erfolgreich, wie Das Jago mit Othello und Desdemona gelang.

Merkwürdiger Weise, als ob das Schicksal seine Hand im Spiele gehabt, ließ sich, als sie eben den Brief gelesen, Frl. Lumsley anmelden und wenige Augenblicke später trat der hübsche, lächelnde Bösewicht mit der einschmeichelnden Stimme in das Zimmer und beim Empfangskuß, den ihr das unbewußte Opfer ihrer Ränke gab, bemerkte ihr forschendes Auge die Note und gewahrte sie, welch furchtbaren Eindruck dieselbe gemacht.

Wir würden diesen Brief hier voll veröffentlichen, derselbe enthielt aber so viele Namen prominenter Familien, daß uns deren Wiedergabe nur Unannehmlichkeiten bereiten würde.

„Aber Bertha, was ist los! Ein Bettelbrief?" Ich erhalte dieselben im Laufe des Jahres korbweise. Sie verursachten mir solches Herzeleid und solche Unzufriedenheit, daß ich aufgab, sie zu lesen Ich übergebe sie jetzt sämmtlich meiner Sekretärin. Sie ist nicht so weichherzig wie ich und sie bekümmert sich um alle beachtenswerthen Fälle und wirft die anderen in den Papierkorb. Man lacht mich deshalb oft aus.

„Nein, kein Bettelbrief!" antwortete Bertha, sondern eine malitiöse, Unheil säende Note! Ich habe schon früher verschiedene ähnliche erhalten, aber diese übertrifft alle früheren an Gemeinheit. Ich werde diese Sir George zur Kenntnißnahme und zur Ergreifung der nöthigen Schritte übergeben. Die andern habe ich verbrannt und ihm nichts davon gesagt.

Während sie dies sagte, schloß sie den Brief in ihr Pult ein.

„Theuerste Bertha, Sie hätten ihm alle andern vorher zeigen sollen, so überlegen Sie wohl, bevor sie handeln, warf Frl. Lumsley mit ernsten, feierlichen Worten ein. „Ohne Zweifel ist eine Verleumdung des Sir George, oder sonst würden Sie ihm davon schon vorher Mittheilung gemacht haben," fuhr sie fort. „Ich würde in der elften Stunde des Schweigens nicht so voreilig handeln." Haben Sie irgend einen Verdacht über den Absender?"

„Nein, durchaus nicht."

„Nun, ich will mich Ihnen nicht aufdringen, theuerste Bertha, doch lassen Sie uns vertraulich und ruhig über die Sache sprechen."

Sie bemühte sich nun, Bertha zu veranlassen, ihr den Brief zu zeigen und sie zur Vertrauten zu machen; aber die junge Frau that dies nicht, nicht etwa weil sie ihr kein Vertrauen schenken wollte, sondern weil ein unbewußtes Gefühl sie abhielt, Jemanden Etwas zu zeigen, wodurch die Ehre ihres Mannes in Zweifel gezogen werden konnte. Die Unterhaltung lenkte daher in andere Bahnen ein und der Besucher und sein Opfer unterhielten sich über die Gesellschaft und andere Themas, bis der Gast sich zu Bertha's großer Befriedigung empfahl, worauf Bertha Order gab, keinen Besucher mehr einzulassen, selbst nicht ihre intimsten Freundinnen. Arme Bertha! Das war die erste Wolke, und obgleich nicht größer als eine Hand so wuchs sie, wie die im alten Testament, mit riesenhafter Geschwindigkeit, bis kein blauer Himmel mehr sichtbar war. Hätte sie nur gewußt, daß es der Keim gewesen, den ihre schöne Feindin, die sie eben so angenehm unterhalten, gesäet hätte, wie schnell würde sie denselben den Winden übergeben und die erbärmliche Verleumderin des guten Namens ihres Mannes und ihres eigenen Glücks gleich einer Aussätzigen, die sie ja auch war, vertrieben haben.

Sobald Frl. Lumsley gegangen war, nahm Bertha den fatalen Brief und las ihn wieder und wieder. Der Inhalt prägte sich ihr mehr und mehr ein und sie frug sich, „Kann es möglich sein? Nein!" Und doch! Nun, ich werde George vorläufig noch nicht davon benachrichtigen."

Das war der Fehler Nummer zwei. Als er nach Hause kam, begrüßte sie ihn wie gewöhnlich, aber sie konnte nicht umhin, ihn anzuschauen und sein Gesicht zu studiren, wenn er sie nicht anschaute. Warum? Sie wäre scharlachroth geworden, wenn er sie dabei ertappt hätte. Aber der Keim arbeitete, bis er sich schließlich zur Pflanze entwickelte, die in ihrem Herzen Wurzel schlug, und diese Pflanze hieß Argwohn, zwar schwach und kränklich, aber doch sicher, und sie wuchs und wuchs in der Dunkelheit des Schweigens. Schreckliche Giftpflanze! Tödtlicher Schmarotzer! der von Minute zu Minute an dem Lebensblut dieses liebenden Herzens sog.

An dem Abend, an dem Frl. Lumsley Bertha besucht hatte, saß sie im zweiten Stockwerk eines obskuren Hauses nahe der 5. und Pine Str., in dem Zimmer an Schlafgäste vermiethet wurden. Sie war in einer Verkleidung, in der sie das Zimmer vor zwei Wochen gemiethet hatte. Während — nach der Mode der

Saison —die „Slums" durchstreift hatte, war sie mit einem verkommenen, jungen Weibe zusammengekommen, welches aufschlechte Wege gerathen war und ein nur wenige Wochen altes Kind hatte. Sie hatte beschlossen, diese Kreatur für ihre Zwecke zu benutzen und so hatte sie ihr mit etwas Geld die Adresse jenes Hauses an der 5. Str. gegeben und ihr gesagt, sich dort mit ihrem Baby einzufinden, da sie ihr einen Vorschlag zu machen habe, bei dem sie etwas Geld machen könne. Begierig, Geld zu machen, und voll Neugierde, fand sich Jenny Clay, wie sie sich nannte, pünktlich ein, brachte aber ihr Baby nicht mit und gab als Grund dafür an, sie befinde sich auf dem Wege nach der obern Stadt und sei nur hereingekommen, um zu sehen, was man mit ihrem Kinde wolle, und ob es die Dame vielleicht zu adoptiren wünsche.

„O nein, ich will es nicht adoptiren; aber ich kenn ein Ehepaar, das keine Kinder hat, und welches, wenn Sie es mit einer Note, in der Sie bitten, es zu adoptiren, vor ihrer Thür aussetzen, dasselbe gern aufnehmen werden. Ich bin mit den Leuten befreundet und weiß, sie werden sich über ein Baby, wie das ihrige, freuen. Außerdem wird es ein guter Scherz sein und wenn Sie sich von Ihrem Baby trennen wollen, werde ich Sie gut dafür bezahlen und dem Kinde eine gute Heimath verschaffen. Ich gebe Ihnen fünfundzwanzig Dollars, wenn Sie das Baby hierher bringen, und außerdem eine feine Ausstattung, wie man sie nur in Wanamaker's oder Sharpleß' Läden kaufen kann. Und wenn der ganze Plan gelingt, gebe ich Ihnen noch hundert Dollars."

„Abgemacht!" rief Jenny aus, „aber was meinen Sie mit, wenn der ganze Plan gelingt?"

„Wenn Sie es an der Thür aussetzen und entfliehen, ohne dabei gefaßt zu werden. Ich werde an der nächsten Ecke warten, so werden Sie, wenn Sie dabei nicht ertappt werden, das Geld auf der Stelle erhalten."

„Nochmals abgemacht!" sagte die herzlose Mutter, „und ich wette Ihnen hundert Dollars daß ich nicht abgefaßt werde. Nehmen Sie die Wette an und machen Sie es zweihundert?"

„Ja, ich will."

„Und wann soll ich das Geschäft besorgen?"

„Freitag Abend."

„Gut; ich bin um sieben und ein halb Uhr zur Stelle."

Das Frauenzimmer hielt pünktlich Wort und brachte ihr Baby und als sie sich am Hause einfand, sagte sie zu sich selbst, „Du denkst Du willst mich zu einem schlechten Streiche brauchen, aber ich werde Dir zeigen, daß Du an die Unrechte gekommen."

Als sie das Zimmer betrat, fand sie die Dame bereits vor. Das Baby wurde entkleidet, mit parfümirter Seife gewaschen und dann in prächtige Spitzenkleider gesteckt.

„Bist Du nun nicht reizend!" rief die Mutter ihrem Kinde zu, als sie dasselbe mit ihrer gleich herzlosen Gefährtin geputzt hatte; dann gab sie dem Kinde die Brust, damit es fest schlafen und nicht weinen sollte, wenn es in dem Korbe, in den sie es dann legte, über die Straße getragen wurde. „Und thut es Dir nicht leid, Deine Mutter zu verlassen? Und wenn Du groß und reich geworden bist und in einer Kutsche fährst, wirst Du es unter Deiner Würde halten, mit ihr zu sprechen: Ha! Ha! Haben Sie das Geld bereit?" Das böse Geschöpf steckte dann einen Brief in den Korb und heftete auf denselben einen Zettel mit den Worten:

> „Nehmt mich auf, stoßt mich nicht aus,
> Mein Vater wohnt in diesem Haus."

Dann wurde der Korb in eine Decke gewickelt und Jenny sagte: „Kommen Sie. Gehen Sie voran und zeigen Sie mir den Weg."

Das schuftige Paar trat dann seinen verbrecherischen Gang an und als sie an Gaunt's Hause vorbei gingen, gab Frl. Lumsley ein Zeichen und ging weiter. Niemand war zu sehen, und wie ein Schatten schlich Jenny an die Thüre und stellte, nachdem sie sich versichert, daß sie Niemand gesehen, den Korb ab, zog die Hausklingel und verschwand in der Dunkelheit, ihrer Auftraggeberin folgend, die sie an einer Ecke des benachbarten Rittenhouse Square erwartete und ihr die ausbedungene Summe mit den Worten gab:

„Das war gut gemacht! Gute Nacht. Wenn Sie je Hilfe brauchen, kommen Sie zu mir und ich werde Ihnen helfen!"

„Gute Nacht," sagte Jenny und ging weg, da sie aber bemerkte, daß die Dame nördlich anstatt südlich ging, folgte sie ihr schnell im Schatten der Häuser, um auszufinden, wohin sie ging. Das Resultat war, daß sie die Dame in das Haus von Freunden an Arch Str. gehen sah, ferner sah sie, wie dieselbe etwas vom Kopfe nahm und in die Tasche steckte.

„Oho! Hab' mir's doch gedacht. Du bist verkleidet meine Dame!" sagte Jenny zu sich selbst, „aber ich werde den Türkisen-Ring und das goldene Armband mit den Rubinen nicht vergessen. Das hätten Sie nicht tragen sollen!"

Dann wandte sie sich um und eilte ihrer elenden Wohnung zu. Am andern Tage begann sie ihre Nachforschungen und es dauerte nicht eine Woche, so wußte sie Alles, was sie wissen wollte, Namen, Verhältnisse, Beweise, Verwandtschaft rc.

Als Jenny die Klingel gezogen hatte, saß Bertha im Bibliothekzimmer und da sie glaubte, es sei ihr Mann, den sie erwartete, nahm sie die Lampe und eilte, die Thüre zu öffnen. Durch einen Unfall am Gasmesser im Keller war das Gas abgedreht worden, weshalb sie an jenem Abend eine Lampe benutzen mußte. Anstatt Sir George fand Bertha den Korb, auf dem Jenny die Decke zurückgelassen hatte, so daß sie das Baby sah, welches, durch die kalte Luft geweckt, zu weinen begann.

Bertha war sprachlos vor Schrecken, sie stand, mit der Lampe in der Hand, geisterhaft da und blickte auf das Baby im Korbe. Plötzlich kam ihr der Gedanke, daß Vorübergehende Alles dies sehen würden, und da sie das haßte, ergriff sie den Korb und schloß die Thür. Dann trug sie den Korb in das Bibliothekzimmer, wo sie den Zettel erblickte und dann einen Brief folgenden Inhalts fand:

„Sir George Gaunt! Hiermit übersende ich Ihnen Ihren Sohn und Erben. Uebergeben Sie ihn ihrer treuen, liebenden Frau und erzählen Sie ihr mein elendes Schicksal. Verdammt sei der Tag, an dem ich je Ihrer verführerischen Zunge gelauscht. Sagen Sie Bertha, wie Sie mich ruinirt und verlassen haben und wenn sie an Ihrer entehrten Brust ruht, scherzen Sie über mein verlorenes Leben und schwören Sie ihr dann, daß Sie ihr stets treu sein wollen, wie Sie mir gethan. Sie wird Ihnen glauben, natürlich, und Sie ebenso wie vorher lieben, aber mein Geist wird wieder kommen und Sie in Ihrer Sterbestunde heimsuchen."

Der Brief trug keine Unterschrift. Wieder und wieder las Bertha die schreckliche Note und dann sie wie geistesabwesend mit gefalteten Händen da und schaute das Baby an. Das kleine Geschöpf schloß wieder seine Augen zum Schlaf. Endlich erholte sich Bertha von dem schrecklichen Schlage, den sie betroffen und in einem Tone, der sie selbst befremdete, sagte sie:

„Kann dies wahr sein? O, schreckliches Schicksal!"

In diesem Augenblicke wurde die Klingel wieder gezogen und sie ging zur Thür. Diesmal war es Sir George, der sie wie üblich umarmt haben würde, wenn sie sich nicht schnell abgewandt hätte und zum Bibliothekzimmer zurückgegangen wäre, wo sie dann, den Brief in der Hand, wie eine Marmor-Statue dastand. Ihr Mann schloß die Thür und folgte ihr in's Zimmer. Als seine Augen ihr blasses Gesicht trafen, wußte er, daß etwas Schreckliches passirt war. Sie sprach nicht, sondern gab ihm den Brief. Er nahm und las ihn halb, schaute den Korb und seinen Inhalt an, den er nicht eher bemerkt hatte, blickte dann auf seine Frau und las dann den Brief zu Ende.

„Bertha," sagte er in einem kalten Tone, „das ist ein schändliches Complott. Entweder hast Du oder ich oder auch wir Beide einen Todfeind."

Sein verändertes Wesen fiel seiner Frau auf, die so unerfahren war, und dies vereinigte sie mit seinem Eifer, von Schottland nach Philadelphia zurückzukehren, sowie mit dem Inhalt der schrecklichen Briefe „des Freundes ihres Vaters." Alles dies vereinigt, stimmte so heftig auf die arme Bertha ein, daß sie ihre sonstige geistige Stärke verlor und in Krämpfen auf einen Stuhl sank. Dabei wollte sie Sir George nicht erlauben, sich ihr zu nähern, und sprang zweimal auf, um aus dem Hause zu eilen. Aber er hielt sie zurück. Als sie ruhiger wurde, sprach sie vernünftiger, bestand aber auf eine Trennung. Schließlich sagte er:

„Nun, Schatz, Du sollst Deinen Willen haben, aber ich will den letzten Cent meines Vermögens opfern, bis ich das infame Geschöpf gefunden, welches dies gethan und unser Heim zerstört hat, und dann soll er oder sie vor Dir niederknien und Dir sagen, daß ich unschuldig bin. Wenn ich sterben sollte, werde ich Dich holen lassen; wenn Du sterben solltest, schicke nach mir, und meine Hand in die Deine gelegt, werde ich Dir die Wahrheit sagen.

Das unglückliche Paar kam dann dahin überein, daß Bertha zu Cal-well's zurückkehren sollte, während Sir George in Philadelphia bleiben sollte, bis seine Geschäfte abgewickelt waren und sich gerechtfertigt hatte. Binnen zwei

Tagen war die Haushaltung aufgebrochen und die Möbeln wurden in Thomas' Auktions-Geschäft verkauft.

Und wie freute sich Frl. Lumsley, als sie hörte, daß Bertha zu Caldwells zurückgekehrt war und daß, in Folge plötzlicher Veränderung, der Haushalt aufgebrochen wurde. Sie allein wußte, was geschehen war, als sie bei einem Besuche Bertha's blasses Gesicht und ihr verändertes Wesen sah. Aber sie kannte den Mann nicht, der sich schon auf ihrer Verfolgung befand, nicht seine wahre Liebe zu Bertha, seine schreckliche Energie und seine Ausdauer, mit welcher er ihre dunkeln Schritte verfolgte.

Was der verleumdete Mann that.

Das erste was Bertha's Gatte that, war, daß er das Kind durch einen Polizisten nach dem Armenhaus sandte.

Dann suchte er seinen Freund und Rathgeber, den Friedensrichter Bateman, auf und erzählte diesem die ganze Geschichte. Am nächsten Tage erschien in den Zeitungen eine Anzeige, in welcher die Person, welche den Korb vor das Haus gestellt hatte, aufgefordert wurde, sich zu melden und es wurde ihr eine bedeutende Summe versprochen. Jenny, welche die Zeitungen durchsuchte, um eine Notiz über die Kindesaussetzung zu lesen, erblickte im „Ledger" diese Anzeige und schrieb auf dieselbe sofort. In Folge dessen hatte sie ein Interview mit Bateman, in welchem derselbe sich bemühte, ihr ein Geständniß zu entlocken. Es gelang ihm aber nicht, sie wollte nicht eher sprechen, bis Sir George ihr eine schriftliche Versicherung gegeben, daß sie für den Antheil, den sie an der Verschwörung genommen, nicht gerichtlich belangt werden sollte, sowie seine von Bateman endossirte Note über tausend Dollars, zahlbar nach Sicht, sobald ihre Auftraggeberin festgenommen worden war. Die Elende arbeitete nur mit aller Energie und mit ihrer Hilfe gelang es bald die Frau mit dem Türkisen-Ring und dem Schlangenarmband zu finden. In dem von ihr gemietheten Zimmer an der 5. Str. fand man auch ein den Namenszug des Frl. Lumsley tragendes feines Spitzentuch und eine Woche später war die Schuldige entlarvt, trotz ihrer schlauen Manöver. Sir George entsetzte sich über die Entdeckung, erstaunte aber nicht, als er sich des Todesstreiches erinnerte, den sie in Newport gegen Bertha geführt. Aber Richter Bateman war furchtbar aufgebracht. Er sagte:

„Von allen höllischen und schändlichen Verbrechen, die mir je vorgekommen, ist das das schlimmste; ja es ist fast schlimmer als Mord! Und wie eine Frau, mit nur einem Stückchen Herz in ihrer Brust, absichtlich ein unschuldiges Baby von einer verworfenen, gefallenen Mutter kaufen und die Elende kaufen konnte, um dasselbe vor die Thür eines Mannes auszusetzen, den sie einst liebte, um ihn von seiner jungen Frau zu trennen und ihr glückliches Heim zu zerstören, das geht über meinen Verstand. Keine Strafe, welche das Gesetz bestimmt, ist zu schwer für solch eine Creatur."

Bewölkter Himmel.

Nachdem die Schuldige entdeckt war, trug Gaunt Sorge, daß sie festgenommen und in einer Weise bestraft wurde, die nicht nur seine Ehre rettete, sondern sie auch vor allen Freunden in New York und Newport blos und in der vollen Größe ihrer teuflischen Schlechtigkeit darstellte. Er reiste daher nach New York und ersuchte Herrn Caldwell, eine Gesellschaft in seinem Hause zu geben, zu welcher alle Freunde, einschließlich Frl. Lumsley, die gern annahm, eingeladen wurden. Bertha erfuhr davon nicht eher etwas als am Nachmittag desselben Tages und dann theilte ihr Frau Caldwell mit, daß ihr Mann die Urheberin all' ihres Elends entdeckt hätte und in der Gesellschaft das Complott mittheilen würde, so daß dann auf der Stelle ihre Aussöhnung stattfinden könne. Bertha war herzlich erfreut über diese Mittheilung, denn sie hatte ihr voreiliges Handeln bereits bereut und es hätte nicht lange mehr gedauert, bis sie zu Sir George zurückgekehrt wäre und ihn um Verzeihung gebeten haben würde, dafür, daß sie trotz seiner heiligen Versicherung einen solchen Verdacht hegen konnte.

Die Gesellschaft begann, alle Gäste fanden sich ein und unter diesen war Niemand süßer und liebenswürdiger als Frl. Lumsley. Mitten im Fest trat Sir George ein, und nachdem er alle persönlich begrüßt, näherte er sich schließlich der Genannten und sagte:

„Frl. Lumsley, ich kann Ihre Hand nicht berühren. Ich bin heute Abend hier, um vor diesen guten Freunden und meinem armen Weibe, dessen Herz ihre Missethat fast gebrochen, ihre Schurkenstreiche zu enthüllen. Kommen Sie herein! Damit winkte er nach der Thüre. In demselben Augenblicke trat Jenny in Begleitung eines Detectiv ein und auf eine Aufforderung von Sir George gab Letzterer eine volle Beschreibung von Frl. Lumsley's Thun und Treiben in Philadelphia, die von Jenny bestätigt wurde und damit endete, daß das Spitzentuch der Verbrecherin vorgezeigt wurde. Frl. Lumsley's Tante ergriff das Tuch, schaute es an — sie hatte es ihr einst gegeben — und mit dem Ausrufe:

„O, du elende Creatur! Ich will nichts mehr von Dir wissen!" verließ sie den Saal.

Im nächsten Augenblick fiel ihre Nichte in Ohnmacht. Im Fall warf sie einen neben ihr stehenden Tisch mit einem Glasornamente um, das zerbrach und von dem ein Splitter ihr unter die Armhöhle drang und in der Wunde stecken blieb. Die ganze Enthüllung hatte eine furchtbare Aufregung zur Folge und Sir George bedauerte, daß die Affaire solch einen Ausgang nahm. Seine ursprüngliche Absicht war nur, das elende Frauenzimmer zu entlarven und zu beschämen. Sofort wurde nach einem Arzt gesandt und die Verwundete in ein Bett gebracht. Als der Arzt ankam, war sie noch besinnungslos und ihre sofortige Ueberführung nach dem Bellevue Hospital wurde dann angeordnet. In einem Ambulanzwagen wurde sie weggebracht und im Hospital entdeckte man bei näherer Untersuchung, daß die schreckliche Wunde eine tödtliche war.

Selbstverständlich wurde der Unfall von der ganzen Gesellschaft tief betrauert; aber Alle fühlten zugleich, daß sein Opfer denselben durch ihre teuflische Schlechtigkeit selbst herbeigeführt habe und brachten Bertha und Sir George über die Ehrenrettung des Letzteren ihre herzlichsten Glückwünsche dar.

Am nächsten Tage wurde vom Bellevue telegraphirt, daß Frl. Lumsley im Sterben liege, aber gern Sir George und Bertha noch einmal zu sehen wünschte, wenn sie zu ihr kommen würden.

„Nun, Schatz," sagte er ernst, „es geschehe, wie Du willst."

„Dann sage ich, laß uns zu ihr eilen, laß uns das Vergangene vergessen und feurige Kohlen auf ihrem Haupte sammeln," antwortete Bertha prompt.

So schnell, wie Pferde sie zu tragen im Stande waren, eilten die beiden ausgesuchten Opfer an das Todtenbett des sterbenden Mädchens, welche Beide abwechselnd anschaute und ihnen dann die eine Hand, die sie noch bewegen konnte, entgegenstreckte. Bertha nahm sie in die ihrige, benetzte sie mit ihren Thränen und legte sie dann in die Hände ihres Gatten, dessen männlicher und edler Charakter bereits jedes Gefühl der Rache und Aergers vertilgt hatte.

„Ich habe schändlich gehandelt," flüsterte das sterbende Mädchen unter großer Anstrengung, „können und wollen Sie Beide mir vergeben und für mich um Gnade beten?"

„Ja, ganz und gar," antwortete Bertha, sie zärtlich küssend, und dann kniete sie am Bette nieder und sprach ein inbrünstiges Gebet, in das Frl. Lumsley oft wispernd einfiel. Noch ehe Bertha ihr Gebet brendet, begann ein Musikcorps in der Straße das herrliche Lied zu spielen „Heiliger Geist, hör' mein Gebet" und da es vorzüglich gespielt wurde, übte es eine wunderbare Wirkung aus.

„O süße Klänge! Ja! Ja! O heiliger Geist, höre und vergieb!" bat mit gebrochener Stimme die Kranke. „Bleibt bei mir bis — zum Ende!" Diese Worte — ihre letzten — waren an die zwei an ihrem Bette Stehenden gerichtet, die zustimmend nickten, da sie nicht im Stande waren zu sprechen. Aber das Ende kam schnell, denn als die Musik schwieg, schlossen sich ihre Augen und sie schlief ein, um nie wieder zu erwachen.

Nach drei Wochen kehrte Sir George, nachdem er mit großem Verlust die Geschäfte abgewickelt, die ihn nach Amerika gebracht, mit seiner Frau nach Schottland zurück und wahrscheinlich werden sie sobald nicht zurückkehren, denn es wird lange Zeit dauern, ehe sich die schrecklichen Eindrücke verwischen, die sie bei diesem letzten Besuch erhalten. Und so schließt vorläufig die romantischste Geschichte, die wir je unsern Lesern vorzulegen uns verpflichtet sahen.

Ende.

"I will hunt down the wretch who has done this explained he."
„Ich werde die Elende finden, die dies gethan hat," rief er aus.